人猿泰山全译精编插画系列（全25种）

人猿泰山
之
黄金迷城

［美国］埃德加·赖斯·巴勒斯/著

杨永春/译

Tarzan and the City of Gold
by Edgar Rice Burroughs

图书在版编目（CIP）数据

人猿泰山之黄金迷城／（美）埃德加·赖斯·巴勒斯著；杨永春译. -- 上海：上海文艺出版社，2018
（人猿泰山全译精编插画系列）
ISBN 978-7-5321-6724-1

Ⅰ.①人… Ⅱ.①埃… ②杨… Ⅲ.①长篇小说-美国-现代 Ⅳ.① I712.45

中国版本图书馆CIP数据核字(2018)第106456号

书　　名	人猿泰山之黄金迷城
著　　者	[美国] 埃德加·赖斯·巴勒斯
译　　者	杨永春
责任编辑	田　芳
装帧设计	周　睿
责任督印	张　凯
出　　版	上海文艺出版社
出　　品	上海故事会文化传媒有限公司
	（200020　上海市绍兴路74号　www.storychina.cn）
发　　行	上海文艺出版社发行中心
	（上海市绍兴路50号）
印　　刷	上海中华印刷有限公司
开　　本	889毫米x1194毫米　1/32　印张5.125
版　　次	2018年7月第1版　2018年7月第1次印刷
ＩＳＢＮ	978-7-5321-6724-1/I·5367
定　　价	20.00元

版权所有·不准翻印

故事会 大众文化出版基地 www.storychina.cn　上海故事会文化传媒有限公司 出品（00789）www.storychina.cn

上海故事会文化传媒有限公司所有图书可办理邮购，免收邮费（挂号除外）
汇款地址：上海市绍兴路74号(200020)，　收款人：上海故事会文化传媒有限公司出版发行部
联系电话：021-64338113
如发现本书有质量问题，请与印刷厂质量科联系 T:021-60829062

人猿泰山全译精编插画系列（全25种）
编　委　会

总　策　划：夏一鸣

主　　编：黄禄善

副 主 编：高　健

编辑成员

（按姓氏笔画为序排列）

田　芳　朱崟滢　李震宇　张雅君

胡　捷　高　健　夏一鸣　黄禄善　詹明瑜　蔡美凤

百年文学经典 文化传播之最
人猿泰山驰骋的奇幻世界

黄禄善

美国文学史上不乏这样的作家：他们生前得不到学术界承认，死后多年也不为批评家看好，然而他们却写出了最受欢迎的作品，享有最大范围的读者。本书作者埃德加·赖斯·巴勒斯即是这样一位作家。自1912年至1950年，他一共出版了一百多本书，这些书涉及多个通俗小说门类，而且十分畅销，其中不少被译成多种文字，在世界各地广为流传。当代科幻小说大师亚瑟·克拉克曾如此表达对他的敬仰："埃德加·赖斯·巴勒斯具有重要地位。是巴勒斯，激起了我的创作兴趣。"另一位著名通俗小说家雷·布莱德伯利也说："埃德加·赖斯·巴勒斯也许可以称为世界历史上最有影响力的作家。"然而，正是这个被众人交口称誉的作家，对前来采访的记者说："我不认为我的作品是'文学'。"而且，面对众多书迷的"如何走上文学道路"的提问，他也只是轻描淡写地回答："那是因为我需要钱。我35岁时，生活中的一切尝试都宣告失败，只好开始搞创作。"

确实，埃德加·赖斯·巴勒斯在从事文学创作前，有过一段十分坎坷的生活经历。他于1875年9月1日出生在美国芝加哥，父亲是南北战争期间入伍的老兵，后退役经商。儿时的巴勒斯对未来充满了幻想，曾对人夸口说父亲是中国皇帝的军事顾问，自己住在北京紫禁城，并在那里一直待到10岁才回国。但是，后来的事实表明，这一良好愿望只不过是一团泡影。从密歇根军事学院毕业后，他在美国骑兵部队服役，不久即为谋生四处奔波。他先后尝试了许多工作，包括警察和推销商，但均不成功。1900年，他和青梅竹马的女友结婚，之后两人育有两儿一女。接下来的日子，埃德加·赖斯·巴勒斯是在贫困中度过的。为了养家糊口，他开始替通俗小说杂志撰稿。他的第一部小说《在火星的卫星下》于1912年分六集在《故事大观》连载。这部小说即刻获得了成功，为他赢得了初步的声誉。同年，他又在《故事大观》推出了第二部小说，亦即首部"泰山"小说。这部小说获得了更大成功。从此，他名声大振，稿约不断，平均每年出版数部书。第二次世界大战期间，他以66岁的高龄奔赴南太平洋，当了战地记者。1950年3月19日，埃德加·赖斯·巴勒斯因心力衰竭在美国逝世。

埃德加·赖斯·巴勒斯是美国文学史上第一个重要的通俗小说家。他一生所创作的通俗小说主要有四大系列。第一个是"火星系列"，包括《火星公主》《火星众神》和《火星军魁》。该"三部曲"主要讲述一位能超越死亡界限、神秘莫测的地球人约翰·卡特在火星上的种种冒险经历。第二个系列为"佩鲁塞塔历险记"，共有七部。开首是《在地心里》，以后各部依次是《佩鲁塞塔》《佩鲁塞塔的塔纳》《泰山在地心里》《返回石器时代》《恐惧之地》《野蛮的佩鲁塞塔》，主要讲述主人公佩鲁塞塔在钻探地下矿藏时，不小心将地壳钻穿，并惊讶地发现地球核心像一个空心葫芦，那里住着许多原始人，还有许多古生动物和植物。1932年，《宝库》杂志开始连载埃德加·赖斯·巴勒斯的第三个系列，也即"金星系列"的首部小说《金星上的海盗》。该小说由"火星系列"衍生而出，但情节编排完全不同。主人公卡森·内皮尔生在印度，由一位年迈的神秘主义者抚养成人，并被教给各种魔法，由此开始了金星上的冒险经历。该系列的其余三部小说是《金星上的迷失》《金星上的卡森》和《金星上的逃脱》。第五部已经动笔，但因"二战"爆发而搁浅。

尽管埃德加·赖斯·巴勒斯的"火星系列""佩鲁塞塔历险记"和"金星系列"奠定了他的美国早期重要通俗小说作家的地位，但他成就最大、影响也最大的是第四个系列，也即"人猿泰山系列"。该系列始于1912年的《传奇诞生》，终于1947年的《落难军团》，外加去世后出版的《不速之客》，以及根据遗稿整理的《黄金迷城》，总共有25种之多。中心人物泰山是一个英国贵族后裔，幼年失去双亲，由母猿卡拉抚养长大。少年泰山不仅学会了在西非原始森林的生存本领，还具有人类特有的聪慧。凭着这一人类特性，他懂得利用工具猎取食物，并从生父遗留下来的看图识字课本上认识了不少英文词汇。随着时光流逝，他邂逅美国探险家的女儿简·波特，于是生活发生急剧变化，平添了无数波折。接下来的《英雄归来》《孤岛求生》等续集中，泰山已与简·波特结合，生了一个儿子，并依靠猿人和大象的帮助，成了林中之王，又通过一个非洲巫师的秘方，获取了长生不老之术。再后来，在《绝地反击》《智斗恐龙》《大战狮人》《神秘豹人》等续集中，这位英雄开始了种种令人惊叹的冒险，足迹遍及整个西非原始森林、湮没的大陆。

　　从小说类型看，"人猿泰山系列"当属奇幻小说。西方最早的奇幻小说为英雄奇幻小说，这类小说发端于古希腊荷马史诗《伊利亚特》和《奥德赛》，成形于19世纪末英国小说家威廉·莫里斯的《世界那边的森林》，其主要模式是表现单个或群体男性主人公在奇幻世界的冒险经历。他们多为传奇式人物，有的出身卑微，必须经过一番奋斗才能赢得下属的尊敬；有的是落难王子，必须经过一番曲折才能恢复原有的地位。在冒险中，他们往往会遭遇各种超自然邪恶势力，但经过激烈较量，正义战胜邪恶，一切以美好告终。人猿泰山显然属于"落难王子"型主人公。他本属英国贵族后裔，却无端降生在无名孤岛，并险些丧命。在人迹罕至的西非原始森林，他与野兽为伍，经历了难以想象的生存危机。终于，他一天天长大，先后战胜大猩猩和狮子，又打死猿王哥查，并最终成为身强力壮、智慧超群的丛林之王。值得注意的是，埃德加·赖斯·巴勒斯在描写人猿泰山的这些经历时，并没有简单地套用英雄奇幻小说的模式，而是融入了自己的创造。一方面，他删去了"魔法""仙女""精灵"等超自然因素；另一方面，又增加了较多的现实主义成分。人们在阅读故事时，并不觉得是在虚无缥缈的奇幻天地漫步，而是仿佛置身栩栩如生的现实主义世界。正因为如此，"人猿泰山系列"比一般的纯英雄奇幻小说显得更生动、更令人震撼。

毋庸置疑，人猿泰山驰骋的奇幻世界是"人猿泰山系列"的又一大亮点。在构筑这一虚拟背景时，埃德加·赖斯·巴勒斯显然借鉴了亨利·哈格德的创作手法。亨利·哈格德是19世纪英国著名小说家，自80年代中期起，他根据自己在非洲的探险经历，创作了一系列以"遗忘的年代、湮没的城市"为特征的奇幻作品。譬如《所罗门王的宝藏》，述说一个名叫阿兰的猎手在两千多年前的奇幻王国觅宝，几经曲折，终遂心愿。又如《她》，主人公是非洲一个奇幻原始部落的女统治者，她精通巫术，具有铁的统治手腕，但对爱情的执着酿成了她一生最大的悲剧。"人猿泰山系列"的故事场景设置在人迹罕至的原始森林，在那里，虎啸猿鸣，弱肉强食，险象环生。正是在这一极端恶劣的环境中，泰山进行了种种惊心动魄的冒险。在后来的续篇中，埃德加·赖斯·巴勒斯还让泰山的足迹走出西非原始森林，到了传说中的亚特兰蒂斯、废弃的亚马逊古城，甚至神秘的太平洋玛雅群岛。所有这些埃德加·赖斯·巴勒斯笔下的荒岛僻壤，与《所罗门王的宝藏》《她》中"遗忘的年代，湮没的城市"如出一辙。

如果说，亨利·哈格德的"遗忘的年代，湮没的城市"给"人猿泰山系列"提供了诡奇的故事场景，那么给这个场景输血补液的则是西方脍炙人口的动物小说。据埃德加·赖斯·巴勒斯的传记，儿时的他曾因体弱多病辍学，并由此阅读了大量西方文学著作，尤其是鲁德亚德·吉卜林的《丛林故事》、欧内斯特·西顿的《野生动物集》、杰克·伦敦的《野性的呼唤》。这些小说集动物故事、探险故事、寓言故事、爱情故事、神秘故事于一体,给埃德加·赖斯·巴勒斯以深刻印象。事实上,他在出道之前,为了给自己的侄儿、侄女逗乐,还写了一些类似的童话故事,其中一篇还在《黑马连环漫画》上刊登。西方动物小说所表现的是达尔文和斯宾塞的"物竞天择""适者生存",体现了自然主义创作观。以杰克·伦敦的《野性的呼唤》为例,主要角色布克原是法官的看家狗,过着养尊处优的生活。但有一天,它被盗卖,并辗转来到冰天雪地的阿拉斯加,当起了运输工具。在那里,布克感到自然法则无处不在:狗像狼一般争斗,死亡者立刻被同类吃掉。但它很快学会了生存,原始的野性和狡诈开始显现,并咬死了凶残的领头狗,最终为主人复仇,加入了荒野的狼群。"人猿泰山系列"尽管将"弱肉强食"的雪橇狗变换成了虎、狮、猿以及由猿抚养长大的泰山,但这些人猿、半人半兽之间的殊死争斗同样表现出"生存斗争"的残忍。特别是泰山攀山越岭、腾掠树梢,战胜对手后仰天发出的一声长啸,同杰克·伦敦笔下布克回到河边纪念它的恩主被射杀时的长嚎简直有异曲同工之妙。

鉴于"人猿泰山系列"成书之前曾在《故事大观》《宝库》等杂志连载,不可避免地带有杂志文学的某些缺陷,如情节雷同、形象单调,等等。历来的文论家正是根据这些否定"人猿泰山"的文学价值,否定埃德加·赖斯·巴勒斯的文学地位。但"二战"以后,尤其是20世纪70年代之后,随着西方通俗文化热的兴起,学术界对于"泰山"小说的看法有了转变,许多研究者都给予积极评价,肯定埃德加·赖斯·巴勒斯的美国奇幻小说鼻祖地位。而且,"读者接受"是评价一部作品的最佳试金石。"人猿泰山系列"刚一问世,即征服了美国无数读者,不久又迅速跨出国界,流向英国、加拿大和整个西方。尤其在芬兰,读者简直到了如痴如醉的地步。一本本英文原著被译成芬兰语,一版再版,很快取代其他本土小说,成为最佳畅销书。更有甚者,许多西方作家,包括芬兰、阿根廷、以色列以及部分阿拉伯国家的作家,在埃德加·赖斯·巴勒斯去世后，模拟他的套路，创作起了这样那样的"后泰山小说"。世纪之交，埃德加·赖斯·巴勒斯的"人猿泰山系列"再度在西方发酵，以劳雷尔·汉密尔顿、尼尔·盖曼、乔·凯·罗琳为代表的一大批作家，基于他的"泰山"小说模式，并结合其他通俗小说要素，推出了许多新时代的奇幻小说——城市奇幻小说，并创造了这类小说连续数年高踞《纽约时报》畅销书排行榜的奇观。而且，自1918年起，"泰山"小说即被搬上银幕。以后随着续集的不断问世，每年都有新的"泰山"影片上映和电视剧播放，所改编的影视版本之多，持续时间之长，观众场面之火爆，创西方影视传播界之"最"。2016年，华纳兄弟影业又推出了由大卫·叶茨导演、亚历山大·斯卡斯加德等众多知名演员加盟的真人3D版好莱坞大片《泰山归来：险战丛林》。21世纪头十年，伴随迪士尼同名舞台剧和故事软件的开发，"泰山"游戏又迅速占领电脑虚拟世界，成为风靡全球的少年儿童宠爱对象。此外，西方各国还有形形色色的"泰山"广播剧、"泰山"动漫、"泰山"玩偶，等等。总之，今天的"泰山"早已超出了一个普通小说人物概念，成了西方社会的一种文化符号、一种文化象征。

优秀的文化遗产是不分国界的。为了帮助中国广大读者欣赏埃德加·赖斯·巴勒斯、读懂埃德加·赖斯·巴勒斯，了解当今风靡整个西方的奇幻小说的先驱，上海故事会文化传媒有限公司组织翻译了这套"人猿泰山系列"，这也将是国内第一套完整的"人猿泰山系列"。译者多为沪上高校翻译专业教师，翻译时力求原汁原味、文字流畅，与此同时，予以精编、插画。相信他们的努力会得到认可。

目 录

前言	人猿泰山驰骋的奇幻世界	1
1	野人猎物	001
2	白人囚徒	006
3	夜晚大猫	013
4	洪水下游	021
5	黄金城	028
6	踩了神的人	036
7	尼莫	044
8	斗狮场	051
9	杀死！杀死！	056
10	在女王的宫殿里	060

11	卡士内的狮子	071
12	在养狮场的人	077
13	深夜刺杀	086
14	大猎捕	095
15	失败的阴谋	105
16	在苏斯的神庙	113
17	神庙的秘密	123
18	愤怒的仙乐特	131
19	女王的猎物	138

人物介绍

泰山：本系列的主人公，英勇、仗义。

沃尔萨：阿特纳城贵族，被泰山解救，成为他的朋友。

尼莫：黄金城女王，性情暴躁，对泰山一见钟情。

托马斯：黄金城的国师，与女巫穆杜泽狼狈为奸，泰山的死敌。

穆杜泽：黄金城女巫，拥有心灵感应的魔力，常幽灵般现身。

阿莱克斯塔：尼莫女王之弟，被幽禁在黄金城神庙。

艾洛特：托马斯和穆杜泽的私生子，为人奸诈、善于阿谀奉承。

盖蒙：黄金城狮子人贵族，为人善良，泰山的朋友。

福贝格：神庙看护，曾为泰山狱友。

马陆玛：黄金城宫女，暗中帮助泰山。

谢绍：年轻军官，屡屡出谋划策，欲置泰山于死地。

品第斯：为人软弱，被谢绍拉入伙，密谋害死泰山。

多利亚：贵族图多斯的女儿，支持尼莫女王的弟弟。

Chapter 1

野人猎物

雨水从 6 月到 9 月冲刷着从蒂格雷、阿姆哈拉到哥占、肖阿和卡法等地,给阿比西尼亚、东苏丹和埃及的广大地区带来了泥沙和繁荣,同时也使阿比西尼亚道路泥泞、河流暴涨,造成死亡也带来了兴旺。

在雨水的馈赠中,只有泥泞的道路、涨满的河流以及死亡令在卡法遥远山地堡垒里巡行的索马里匪徒感兴趣。这些骑马匪徒个个都是冷酷无情的家伙和残忍的罪犯,身上看不出半点教养的痕迹能影响他们的恶棍行为或减少他们的残忍冷酷。尽管是卡法人和盖拉人出身,但这些家伙都是部族的渣滓,个个都是身负重案的亡命之徒。

已经到了 9 月中旬,雨季快要结束了,但是河里的水位依然高涨,地面也很松软,因为最近才下过一场雨。索马里匪徒骑着马想从路人、大篷车和村庄抢劫一些财物。他们的马蹄没有打铁掌,在地上留下了清晰的蹄印，让人一见就会逃之夭夭。

在他们的马队骑行前方不远处，一头野兽在追踪它的猎物。风迎面吹来，这个季节的足印气味不会轻易传到它的鼻子里去，松软的地面也不会在马蹄之下发出声音。

尽管这位跟踪者并不是人们定义中的食肉猛兽，然而他的确是，因为在他的天然领地里，他全靠追踪猎物来果腹。他也不像人们经常想象的英国爵士的形象，然而他也的确是——他就是人猿泰山。

所有猛兽在雨季捕猎都不容易，人猿泰山也不例外。雨下了两天了，因此泰山也很饥饿。当他看到一头小公鹿来到一条长满灌木和芦苇的小溪边饮水时，他肚皮贴地，在草丛中悄悄前行，来到一个地点，以便自己能猛冲过去、放箭或者扔梭镖。但他还没有觉察到，离自己不远的高地上，一群骑手坐在他的身后默默地注视着他。微风乌莎能传播声音和气味，今天它却令索马里匪徒的气味和声音远离了泰山敏锐的耳朵和鼻子。泰山如何向北到达卡法的，不是本故事讲述的重点。或许情况并不危急，因为丛林之王喜欢巡行在没有遭到文明之手破坏的偏远堡垒里面，并随时前往。

此时此刻，泰山并不知道身后潜藏的危险。他的关注和兴趣都集中在那头急于解渴的公鹿身上，他小心翼翼地向前潜行着。

在他身后，那些原来在高地上默默注视他的身穿白袍的索马里匪徒们，此时手里拿着梭镖和长筒火枪正向他走近。他们从来没有见到过像泰山这样的白人。虽然脑子里满是好奇，但心里却只有杀机。

公鹿偶尔抬起头警惕地朝周围观望，疑心重重。它一抬头看，泰山就僵在原地不动。突然，公鹿的目光集中在泰山方向的某些东西,然后跳起身,急忙逃跑了。

泰山知道不是自己吓跑了猎物,应该是公鹿警觉的眼睛看到了自己身后更远处吓人的东西,立刻向后一瞥。果然,他这一瞥就看到有六个骑手朝他奔来。他知道那些是索马里匪徒,来的唯一目的就是杀人抢劫,也知道这些人是比狮子还要残忍冷酷的,是敌人。

被发现后,这些人快马加鞭朝泰山猛冲过来,一边挥舞着武器,一边大声叫喊着。他们并没有开火,明显是鄙视这位装备原始的可怜人,想要让马撞倒他好用矛刺死他。

泰山并没有转身逃跑,他熟知视野范围内每一条逃生通道,也熟知自己面临的每一个危险。这是每一个野外生存的动物必须熟悉的。因此他知道面对骑手自己是无路可逃的,逃跑可以自卫的话他早就逃跑了。但他并没有惊慌失措,他采取了另一个策略——准备战斗,寻找有利时机,伺机逃跑。

泰山人高马大、身材匀称,比起大力神,更像阿波罗。他身披一件狮皮,代表着原始人中高大的形象,暗示着森林中的半人半神形象。他身后背着箭袋和一支短小精悍的矛,一截草绳松垂在他古铜色的肩上,臀部挂着父亲留给他的猎刀。这把刀给了少年泰山统治丛林其他动物的暗示,他曾经把它插入大猩猩博尔格尼的心脏。

此时,他左手持弓,手指里夹着五支箭。他敏捷异常,快如闪电阿拉。当觉察到身后的危险逼近而且被骑手发现了自己以后,他就跳起身来,拉起一支箭。领头的索马里匪徒还没有来得及做出反应,泰山就已经拉开了弓,箭飞出去了。

泰山的弓短而有力,短小是为了方便在丛林里携带,有力指的是箭可以穿透兽皮,插入猎物的重要脏器。这样的弓不是普通

野人猎物 | 003

人能够拉得开的。

第一支箭正中领头人的心脏，只见他双手抱头，从马鞍上跌落出去。另外四支箭也如闪电般从泰山的弓上射了出来，且箭无虚发，又一个匪徒应声倒地，另外三个也受了重伤。

在泰山发现危险的数秒内，剩余的四个匪徒已经把他团团围住。受伤的那三个对他身上的羽箭更感兴趣，他们已经意识到，泰山不是他们能够轻松战胜的猎物。第四个匪徒毫发无损，手拿梭镖向泰山的胸口猛刺下去。

泰山眼看着命悬一线，无路可退，也来不及侧身躲避，因为侧身一步就会将自己暴露在其他骑手面前。他用尽使他成为泰山的力量、敏捷和速度，在射出最后一支箭后，将弓弦挂在脖子上，然后一手直接抓住了敌人危险的武器，另一只手抓住对手的臂弯，自己则骑在了敌人的马后面。

泰山坚如铁石的手指抓住匪徒的喉咙，匪徒发出一声凄厉的惨叫声。一把刀刃从他的肩胛劈了下去，泰山将尸体扔下马。惊恐的马匹穿过灌木和芦苇，一头栽进河里。剩余的匪徒已经受伤，只好放弃了追踪。尽管其中一个情况好于同伴的匪徒，抬起火枪，朝逃走的泰山身后放了一枪，算是告别吧。

河面并不宽，水流很慢却很深。马掉进去后，泰山注意到河流的下游有一些骚动，一个弯曲的身形朝他们游来，那是鳄鱼。马也看到了鳄鱼，拼命挣扎向上游逃命，泰山跳到马鞍的后部，取下矛试图将鳄鱼赶走，直到坐骑能够安全到达对岸。

鳄鱼既灵巧又贪婪，它已经到了马的屁股后面，张开大口，这时匪徒们在河对岸忽然朝着泰山胡乱开枪。这对于泰山来说是再好不过的事情了，因为枪声让鳄鱼潜下水去，身边溅起的水花清楚地表明它受了重伤。

过了一会儿，泰山已经骑着马到了河对岸，爬到了安全的地方。泰山驾驭着马，朝河对岸愤怒的、骂骂咧咧的匪徒们射了一箭，算作告别了。这支箭射中了一个已经受伤的匪徒的大腿，这人本意要一枪打死泰山，反而在不知不觉中把他从一个危急的局面里拯救了出来。

伴随几声胡乱的枪声，泰山飞驰到附近的树林，在那些愤怒的匪徒面前消失得无影无踪。

Chapter 2

白人囚徒

在南边远处，一头狮子从猎物旁站起来，威武地走向附近的河边，它对围在身边一圈的鬣狗和豺狼看都不看一眼。它们等着它离开被撕裂的猎物，当狮子起身后，它们都后退了几步。很快地鬣狗冲过去开始撕扯残羹冷炙，狮子也根本不屑一顾。这头巨兽的举止充满了王家的风采和自豪，令人印象深刻的还有它巨大的身形、金黄色的外衣以及长长的黑色鬃毛。喝饱水以后，它抬起头，大吼一声，这也是狮子吃饱喝足后的惯常做法。大地在它的巨吼声中仿佛震动起来，随后丛林里一片寂静。

然后，这头狮子本应该像其他狮子那样回到巢穴睡觉去了，晚上再出来捕猎。但是，它并没有这么做。它抬起头，嗅着空气，把鼻子贴着地面来回移动，就像猎狗追踪猎物的气味。最后，它停下来低吼一声，抬起头，沿着小路朝北跑去。

鬣狗们乐享其成。豺狼们亦是如此，希望鬣狗也能一起走了才好。秃鹫在半空中盘旋，希望它们都走了才好。

就在同时，有不少人正向北方进发，三个愤怒的受伤匪徒看着他们死去的同伴，诅咒命运把他们带到这位奇怪的白人巨人的面前。他们脱掉死去同伴的衣服，取下武器，扬长而去。虽然口中大声发誓，要是再次碰到他们厄运的始作俑者一定要报仇雪恨，心里却想着最好永远不要再遇上，他们希望和他了却了关系，但是不能。

进入丛林后没有多长时间，泰山荡着一根悬垂的树枝，轻松地一跃而去。他现在非常生气，因为匪徒不仅吓走了他的晚餐，还要杀死他，这比破坏他的狩猎更令他恼火。他确信无疑的是，现在他必须重新觅食，弄饱肚子之后再处理匪徒的事情。

泰山再次狩猎，直到吃到肉为止，没过多久，他就有了猎获，填饱了肚子。

他心满意足地在树杈上躺了一会儿，但时间并不长。他在脑子里盘算匪徒的事情。这是他得认真对待的事情。如果匪徒们在行进，他自不担心，但是如果他们长期驻扎此地，那就另当别论了。泰山准备在这里多待一会儿，好搞清楚敌人的人数、特性和方位。

回到河边，泰山蹚过河水，沿着有匪徒们清晰足印的小路前进。翻过一些低矮的小山坡，下到前面蹚过的小河河谷，这里丛林遍地，小河蜿蜒穿过，小路直通这里。

这会儿天快黑了，短暂的赤道黄昏很快就变成了黑夜。林子里和山里的夜行动物活跃起来，从山谷的最昏暗处传来了几声捕猎的狮子发出的呼噜吼声。泰山嗅着从山谷里升起、飘向山上的温暖空气，闻到了野营的气味和人的气味痕迹。他抬起头，从胸膛里发出一声洪亮的吼声，泰山也要捕猎了。

在越来越暗的黑影边，泰山站住了，直起身，悄无声息，只能让人依稀看到在荒凉的山边庄严地站着一个人影。黑夜迅速把他淹没了,他的身形消失在黑夜中,和山谷、河流以及树林融为一体。直到此时泰山才动身,朝着树林悄无声息地迈着步子。"大猫"现在准备捕猎了!每一个感官都警觉起来,嗅空气时,他灵敏的鼻孔会抖动一下,敏锐的耳朵也不会错过一丝轻微的声响。

当他前行时,人的气味变得越来越浓了,吸引着他不断向前。狮子的低吼声也越来越近了,但泰山毫不畏惧,因为他知道身处上风的"大猫"是觉察不到他的存在的。毫无疑问,狮子也听到了泰山的吼声,但是它不知道发声者在靠近自己。

泰山估摸着狮子下到山谷的远近和自己离树林的距离,预计在狭路相逢时自己能爬上树。他并不是要捕猎狮子,只是带着野兽天生的戒备,让他尽量避免与之正面遭遇。

那营地里混合的人、马、食物气味和烟味在他鼻孔里越来越浓烈。在这荒郊野外,伸手不见五指。泰山知道自己离捕猎的狮子越来越近,但不管对狮子还是对自己,这些气味都是备受欢迎的。泰山对这些气味的反应是把人类当作敌人的野兽反应——他的肌肉紧绷,抑制着低吼声。

当他到了树林的边缘,狮子也就近在咫尺了。泰山爬到树上,从那里他可以轻易地、悄无声息地荡到匪徒营地里去。他看到下面有一群有马匹和装备的匪徒,大约二十来人。营地周围竖立的大截儿树桩和灌木丛作为防备野兽的部分措施,很明显更多的是依赖营地中间生起的火堆。

只是快速地瞟了一眼,泰山就记住了所看到的场景的细节。很快地,他的眼睛就落在了唯一能够让他感兴趣和好奇的人身上——一个离火堆不远睡得安稳的白人。通常泰山不会关注白人也好黑人也罢,更不会关注和他扯不上一点关系的人的命运。但是在此种情况下，只有两种原因能够激发丛林之王对俘虏的兴趣，其一，或许是最主要的，他希望对匪徒们进行报复；其二，就是好奇心，躺在地上的这个白人和他以前看到过的任何人都不一样。

那人唯一的服饰就是一件短铠甲，由象牙做的瓷片拼接而成。脚踝、手腕、脖颈儿和头部的某些饰物或许也有一些实用之处，材质可能属同一类。除此以外，他的胳膊和腿部都是赤裸的。他的头枕在地上，脸偏离泰山，以至于泰山看不清他的相貌，只看见他的头发黝黑浓密。

泰山观察营地四周，寻找最能惹怒匪徒和给他们制造麻烦的方法，突然他想到最公平的报复就是拿走他们最想要的东西，就像他们拿走他想要的小鹿那样。很明显，他们很想要这个囚犯，否则不会不辞辛劳一路看押得这么仔细，因此泰山决定从他们那里偷走这个白人。

为了达成计谋，他一直在树杈里舒服地躺着，等到营地里的人睡熟。他用捕猎野兽时养成的不知疲倦的耐心彻夜监守，他看到几个匪徒试图和囚犯交流，但是非常明显，他们互相听不懂。

泰山非常熟悉卡法人和盖拉人说的语言，但是他们问囚犯的问题激起了他的好奇心。一个问题他们要用不同的方言和方式问几遍，而种种迹象则表明囚犯要么听不懂要么假装听不懂。泰山倾向于后者，因为手势语是不大会被误解的。他们在问囚犯通往满是黄金和象牙之地的通路，可是一无所获。

"猪都能明白我们，"一个匪徒咆哮道，"他假装听不懂！"

"如果他不愿意告诉我们，我们四处带着他，有什么用呢？还得给他吃的，倒不如现在杀了他吧。"另一个要求。

"我们要他今晚好好考虑一下，"一个明显是头的家伙回答道，"如果明天他还是拒绝回答，就杀了他。"

白人囚徒 | 009

他们通过话语和手势向俘虏传达了这个决定，然后他们蹲在火堆边谈论着白天发生的事情和将来的打算。谈话的主要内容就是奇怪的白人巨人将他们的三个同伴杀死，并且骑着他们的马匹逃走了。这三个人在详细地讨论了半天以后，又吹嘘了一番自己的勇猛行为，然后就退回到搭建的简陋小棚子里去了，将狮子、泰山和一个岗哨留在了黑夜里。

泰山——这位默默的观察者在树影里耐心等待着，一边等待着营地里的人都陷入沉睡，一边计划着袭击匪徒，抢走他们的俘虏，实现自己的报复计划。

终于，泰山觉得实施计划的时刻到了。除了岗哨外，其他人都睡熟了，即使是岗哨也在火堆边打瞌睡。泰山就像影子一样悄无声息地从树上下来，把自己严严实实地隐藏在火堆影子里。他侧耳听了一会儿，听到了狮子的呼吸声，就在火堆外圈的阴影里，他知道这位百兽之王也在附近暗中观察着。于是，泰山就躲在树后观察，看见岗哨转过身背对着自己，他走到开阔地带，暗中悄无声息地靠近毫无防备的匪徒。当他看见一支火枪就靠在这个家伙的腿边时，他还是有点敬畏的，因为树林里的百兽都会如此。

离猎物越来越近了，一定要做到悄无声息，不能发出声音，所以，泰山蹲在对方的身后，耐心等待着。在火堆的边缘，狮子也在等待着，满心期待，因为它看见火堆慢慢要熄灭了。忽然，一只古铜色的手迅速出击，钢铁般的手指紧紧摁住岗哨的棕色喉咙，一把刀瞬间就从左肩扎进了心脏，岗哨还不知道是怎么回事就这样死掉了。

泰山从松软的身体里拔出尖刀，在岗哨尸体的白袍上擦拭一下，然后悄悄靠近躺在开阔地带的囚犯。匪徒们嫌麻烦不愿为他搭棚子。在靠近囚犯的路上要经过两个匪徒睡觉的棚子，泰山为了不吵醒他们尽量不发出半点声响。当他靠近囚犯时，借着快要熄灭的火光，他看见这个人睁着眼睛，用充满疑虑的目光平视着泰山。泰山把一只手指放在唇边示意不要发出声音，然后，来到他的身边，跪在地上，割断了绑着他手腕和脚踝的皮带。泰山帮他站起身，因为皮带很紧，绑得腿脚都麻木了。

泰山等了一会儿，让陌生人快速伸伸腿脚，以便恢复血液循环，然后他示意对方跟着自己。此时，除了狮子，一切顺利。因为狮子突然发出了雷鸣般的吼声。

狮子的吼声陡然打破了半夜的寂静无声，惊醒了沉睡的人。十几个匪徒操起火枪冲出帐篷，借着依稀的火光，他们没有看见狮子，倒是看见被松绑的囚犯和站在他身边的泰山。

从帐篷里最先冲出来的是下午被泰山伤得最轻的家伙。他立刻就认出了这个古铜色的白人巨人，大声向同伴叫道："就是他！就是这个白鬼杀了我们的朋友！"

"杀了他！"另一个叫道。

完全包围这两个白人之后，匪徒们慢慢向他们围拢，因为害怕伤着同伴，他们不敢随意开火。

泰山不能放箭或扔标枪，因为除了绳子和刀，其他武器都被他放在树顶上了。

一个匪徒胆子大，但或许没有同伴聪明，竟用火枪托当木棒冲到了泰山跟前。也该他倒霉。泰山正蹲在地上，发出低吼，看到一个人几乎靠近自己了，便冲了过去。火枪托从半空里飞来快要砸到泰山了，他不但躲开了，还抓住武器，夺了过来，就像孩子玩一件玩具一样。

泰山把火枪扔在同伴的脚边，然后紧紧抓住这个冒失的盖拉人，拧住他的身体，把他当作盾牌抵挡其他匪徒的武器。尽管出师不利，但其他匪徒看上去毫无放弃的迹象。

因为更怕泰山，两个匪徒冲到泰山的背后，准备攻击那个白人囚徒。但很快他们就知道那个囚犯也不应该被轻视。此时，那个囚犯拿起火枪，抓住枪口，把它当作了木棒。

回头看到同伴的举动使得泰山确信这是个好伙伴，但因为人数上他们寡不敌众，所以非常明显他们不能恋战，他认为他们唯一的希望就在于协商一致，突围出敌人的松散包围圈，他也试图将自己的计划传递给背靠背的家伙。尽管泰山用英语以及几种欧洲大陆语言和对方讲话，他得到的唯一答复却是一种他此前从未听过的语言。

该怎么办？他们必须要一道走，对方必须要明白泰山的意图，可是双方不能理解彼此，怎么办呢？泰山转过身轻轻抚摸同伴的肩膀，用拇指指着要逃跑的方向，并点头示意。

同伴立刻明白了他的意思。泰山见状，就地一滚，用手里的人质作为连枷，放倒靠近自己的敌人，寻求逃跑的机会。但敌人人多势众，他们成功地将泰山手里的人质拽了回去，现在泰山和他的同伴似乎陷入了绝境。

与此同时还有一个匪徒处在绝佳位置，可以不会危及同伴地放枪，此时他正用肩膀端起火枪瞄准泰山。

Chapter 3

夜晚大猫

当那个匪徒用肩膀端起枪准备向泰山开火时，他的一个同伴尖叫着发出了警告。但狮子震耳欲聋的吼声很快将这叫声淹没了，随即一头狮子敏捷地跳过树桩来到了营地的中间。

要枪杀泰山的家伙听到警告声朝后一瞥，看到了狮子，于是在慌乱和恐惧中扔掉了枪。因为太急于逃离食人野兽的獠牙，他惊恐地尖叫着逃命，却不想一头撞进了泰山的怀抱。

狮子被这个家伙迅雷不及掩耳的行动和火光暂时搞蒙了，暂停下来趴在地上，左右张望。在那一瞬间，泰山抓住那个逃跑的匪徒，将他拎到了狮子的面前，然后示意同伴跟着自己直接从狮子身边跑过去，跳到狮子下来的那棵树干上。在匪徒们还没有来得及从狮子的意外冲击的震惊中回过神来，两个人已经消失在黑夜中了。

在营地的外围，泰山暂时离开同伴一会儿，去树顶上取回放在那里的武器，然后领路出了山谷，来到山上。那位他从卡法和盖拉匪徒们手中解救的沉默的白人在他的身边小跑着。

在营地的短暂遭遇中，泰山是很钦佩这个白人的勇气、敏捷和力量的。这又激发了他的兴趣和好奇心。这看上去很符合泰山自设的标准：一个安静的、足智多谋的、勇敢的战斗人员。从我们称之为个性而流露出来的难以触摸的光环来看，即使沉默无言，此人也让泰山深信他是个天性可靠的忠实之辈。因此，平日里喜欢独来独往的泰山，现在也不讨厌有这个陌生人做伴了。

月亮，几乎是满月，从东山黑魆魆的林子里升起来了，将柔和的月光洒在山峰上、山谷里和树林中，将这片场景变成了与日间和无月的世界截然不同的新世界，一个灰绿和银绿色的世界。

在树林的边缘，靠近山脚的上坡，深入峡谷和山涧，两个人就像云彩的影子，悄无声息地行走着。但是对隐藏在上方树林黑暗深处的那位，他们的靠近却是早已确知的，因为风神乌莎早将他们的气味吹到这头豹子敏锐的鼻子里了。豹子早就饿了，几天来，猎物稀少又善于躲藏。现在，鼻子里嗅到了越来越浓烈的人的气味，这让豹子更热切地期待起来。

在树林里，泰山找了一棵能躺一夜的大树。这是一棵水平分叉的树枝，他用猎刀砍了一些树枝铺在Y形的树枝上，在这个简陋的平台上，他又铺了一些树叶，然后躺下来睡觉。在他的上风，临近的树上，豹子观察着他，也看到了在两棵树间的地上的另一个人。这只"大猫"没有动，看上去呼吸都很少。

虽然泰山也没有觉察到豹子的存在，但还是有一丝不安。他侧耳倾听，嗅着空气，还是没发现异常。树下，他不喜欢冒险的同伴不习惯在树枝上入睡，所以在地面铺床就寝。豹子观察的就是在地面的这个人。

最终，地面上由树枝和树叶铺的床弄好了，泰山的同伴躺了下来。豹子等着，渐渐地，毫无察觉地，它弯曲的肌肉开始聚拢到苗条身材的后部，准备一跃而起。豹子依靠蹲着的前肢慢慢地挪动身体，这样就造成了树枝的轻微移动，树叶也发出一些沙沙声。

泰山听到了，眼珠子迅速转动着寻找并发现了入侵者。就在豹子扑向简陋小床板的瞬间，泰山也跳起身了。泰山发出一声吼叫，既是向同伴发出警告，也是分散豹子的注意力。在本能而不是理性驱使下，地上的人迅速跳到一边。豹子和他擦身而过，落在地上。豹子的注意力被吸引到发出吼声的东西上面，并没有关注自己的猎物。

泰山的同伴跳到旁边后转过身来，看到了这个野蛮的食肉动物，也看到泰山正跳到猛兽的背上。他听到了两人打斗中发出混合的吼声，意识到自己同伴的吼声和食肉动物的吼声一样充满野性，他的头皮都僵硬了。

泰山试图抓住豹子的脖子，而豹子就地一滚试图用后腿锋利的爪子将对手的身体撕成碎片。但这一招正是泰山希望的，他钻到豹子的身体下面，就势一滚，用腿紧紧锁住豹子的腹部。然后，豹子跳起身，试图将身上的人掀翻在地。但同时，豹子的脖子被一只强劲的手紧紧摁住，呼吸不得。

泰山成功地将刀取出，刀锋在眼前亮了片刻，就扎进了豹子的身体。"大猫"因为愤怒和疼痛大吼一声，面对死亡，使出双倍的力气试图将身上的附着物甩掉。这次刀落地了。豹子双腿颤抖站起身来，刀再一次扎进它的身体。终于，豹子的声音停止了，它倒在地上死了，泰山从它的身体底下钻出来，跳起身。

获救的那个人走向前来，将一只手放在泰山的肩膀上，低声用一种泰山听不懂的语言和他讲话。通过他的手势，泰山猜测应

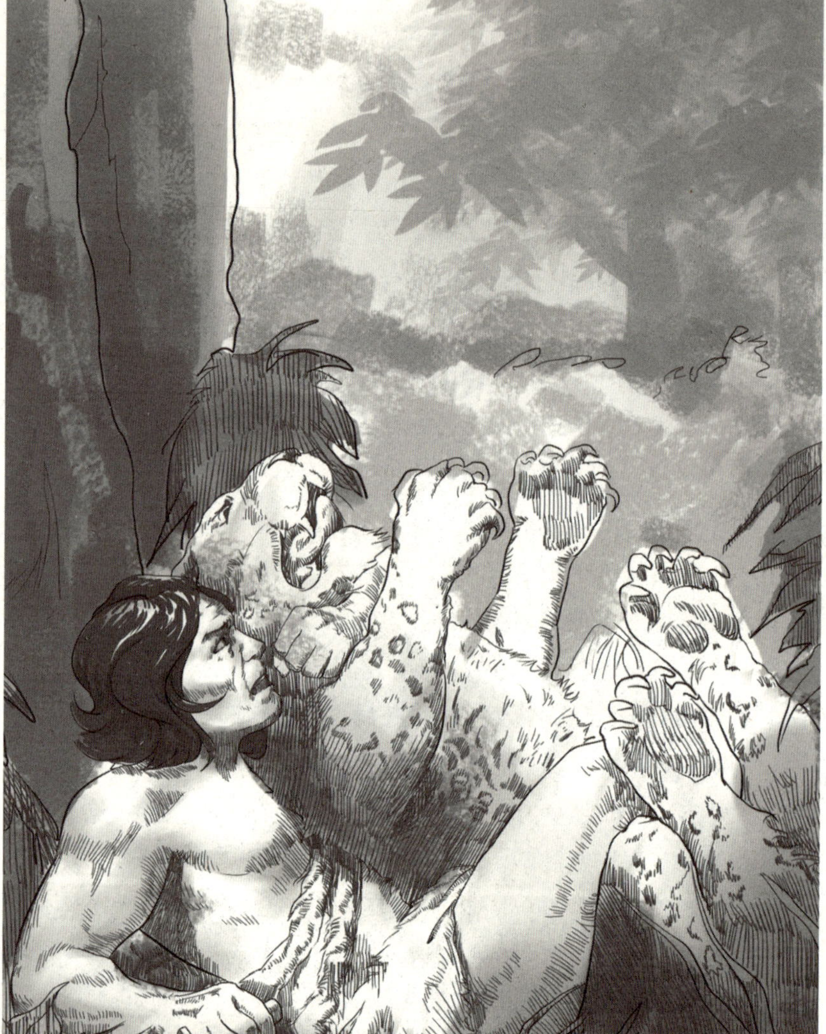

该是表达感激之情。

受到豹子袭击的影响，知道狮子还在林子外面，泰山通过手势劝说同伴到树上来睡觉，还帮他搭了一个小窝。余下的夜晚，两人都睡得很香。

第二天早上，两人醒来时，太阳已经出来一个多小时了，泰山起来伸了伸腰。他的同伴坐起来看着四周，两人四目相对，泰山朝他笑笑并点点头。

泰山望着那个人的棕色眼睛，非常满意这是一个值得信任的人，又注意到扎住他黑头发的头箍和前额中间那块奇形怪状的象牙饰品，他穿着的短铠甲，以及手腕和脚踝上的象牙装饰品都激起了泰山的好奇心。

头箍中间的象牙装饰品是一个凹面，像一把弯曲的瓦刀，突出头顶一点向前弯曲。手环和脚环都是扁长的象牙长片，串在一起，由皮带捆扎在四肢上。他的凉鞋是由很厚的皮革制成，很明显是象皮做的，用皮带捆在脚踝的下面。泰山认为这些饰物不仅仅为了装饰之用，还无一例外的都是作为防护，以防止剑或者战斧等武器的杀伤。

饥饿暂时驱散了泰山对这些东西的猜测，他回想起昨天在上游树林里杀死的猎物的残留物。他轻轻下到地面，时刻保持警惕以防敌人，并示意年轻勇士跟着他，向贮存食物的方向走去。这些肉被树枝和树叶巧妙地掩盖着，泰山发现还是原封未动。他割了几条扔给树下面的同伴，然后给自己割了一些，蹲在树杈上生吃起来。他的同伴吃惊地看着他，然后用铁片和燧石生了火，烤起自己的那份肉来。

泰山一边吃，一边快速地思考着下一步的计划。他来到阿比西尼亚有一个特定的目的，尽管不是那么紧急需要立刻去关注它。

夜晚大猫 | 017

事实上，从原始环境中看来，时间不是一个重要的问题。

象牙铠甲武士激起的兴趣远比将泰山从自己的领地带到这里的问题重要。泰山会等到解开新近结识的朋友带来的谜之后，再去解决后面的问题。

除了手势语，没有别的交流方法，使得两人交流很困难。吃完东西，泰山下到地面，他成功地询问同伴应该往哪里去。勇士通过手势语明白无误地指着上山的东北方向，邀请泰山一起到他的祖国去。泰山接受邀请，要对方带路。

几个星期过去了，两人在崇山峻岭间越走越远。一路上，泰山积极学习，想趁机学会同伴的语言。他是个如此聪慧、灵敏的学生，很快两人就能相互理解对方了。

泰山终于知道同伴的名字叫沃尔萨，而沃尔萨对泰山最感兴趣的是他的武器。因为沃尔萨没有武器，泰山就花了一天时间给他制作了标枪、弓和箭。自那以后，沃尔萨教授泰山自己的语言，泰山教授他如何使用弓箭，标枪是他早就会用的。

这几个星期，两人从匪徒营地边缘处出发，离沃尔萨的祖国越来越近了。泰山发现山上各种猎物丰富，一边打猎，一边欣赏未被破坏的大自然的美景，几乎忘记了时间的流逝。

但是沃尔萨失去了耐心，一天晚些时候，两人来到没有出口的大峡谷边，惊人的悬崖峭壁阻挡了两人的步伐，沃尔萨承认了失败，对泰山说："我迷路了。"

"这一点，"泰山评论道，"我早几天本就该告诉你了。"

沃尔萨惊讶地看着他，问道："你怎么知道的？可你并不知道我的祖国在哪个方向。"

"我知道，"泰山说，"因为在过去的一周里，你领的路通往四面八方，今天我们离上星期走过的路只有五英里。过了右边的山岭，不超过五英里远,就是我杀死野山羊的小溪,我们昨天晚上睡过的那棵带疤的老树七天前就经过了。"

沃尔萨迷惑地挠挠头皮,然后笑了。"我争辩不过你,"他承认,"或许,你是对的,但我们该怎么办?"

"你还记得从我发现你的营地处,你的祖国在哪个方向吗?"泰山问道。

"泰纳山谷就在我们的正东方,"沃尔萨回答,"这一点我很确信。"

"那么我们现在在它的西南方向,因为自从我们进入深山以来,我们向南走了很远的距离。如果你的祖国就在这群山深处,我们朝东北走应该不难发现。"

"这些杂乱的山峦、弯曲的峡谷和悬崖峭壁把我搞糊涂了,"沃尔萨承认,"你看,我长这么大,从来没有出过艾和娜和安萨尔山谷,这两座山谷都有明显的地标,我很熟悉,从来不用指引,也不需要太阳、月亮和星星的方位参照。现在我们要寻找泰纳,这些东西对我却毫无用处。在迷宫似的群山中,你能保持东北方向不变吗?如果可以,你来领路。"

"我可以朝东北方向走,"泰山向他保证,"但只有你的祖国就在脚下了,我才能发现。"

"如果到了离它五十英里或一百英里远的地方,我就可以从高处看见仙乐特了。"沃尔萨解释,"我就能认出通往泰纳的路,因为仙乐特就在阿特纳的正西方。"

"仙乐特和阿特纳是什么?"泰山问道。

"仙乐特是一座火山,中心处满是火焰和熔岩。它在安萨尔山谷的北端,属于卡士内人,也就是黄金城。阿特纳就是象牙城,也就是我的家乡。安萨尔山谷的卡士内人是我们的敌人。"

当泰山和沃尔萨吃着昨天猎物剩下的肉时，几英里远的地方，一头黑鬃狮子正站在被自己杀死的小水牛尸体边，愤怒地摆动着尾巴。面对几码远一头用脚翻动地面并低吼的水牛，它发出了野蛮的吼声。这头野兽很少面对这头水牛，虽然愤怒已经烧红了牛眼，但是这头大狮子不打算离开猎物，即使是面临公牛冲击的危险。狮子站在原地不动，狮子和水牛的混合吼声势如雷鸣，震颤着大地，丛林里的小动物吓得都不敢作声。

公牛挖着地，狂怒不已。身后站着被杀小牛的母亲，或许它在催促自己的丈夫为孩子报仇。牛群的其他成员都窜进丛林深处，只留下这两头希望通过脖颈上的巨大牛角来报仇的水牛，和狮子较劲。

公牛用和自己身形不相匹配的敏捷和机灵，开始猛冲了。两头巨兽这么灵巧地挪动身形真是难以置信，同样难以置信的是竟然有动物能够承受得了或躲得开牛角的威胁。显然，狮子是有备而来。当公牛快要扑到自己时，狮子就往旁边一躲，跳起后脚，用一只巨爪在牛头一侧重重一击，把公牛打得转了半个圈，看它跪倒在地，血流不止，迷惑不解。公牛的下颚骨被击碎了，在公牛站起身来之前，狮子跳上它的背部，用牙齿咬紧它脖子里鼓出来的肌肉，另一只爪子抓住吼叫的牛鼻子，将牛头使劲往后拉，掰断了牛的脊椎骨。然后狮子面对母牛，站起身来。母牛并没有猛冲，反而，大吼一声，崩溃地逃进了丛林。狮子的前腿站在了新猎物的身上。

那晚，狮子吃得很饱。但是，当它狼吞虎咽之后并没有像其他狮子那样躺下，而是沿着自己走了数日的神秘小路继续北行。

Chapter 4
洪水下游

新的一天乌云密布,很是吓人。虽然雨季结束了,但看上去姗姗来迟的风暴正在高耸入云的山顶蓄势待发,穿行其间的是寻找难以捉摸的泰纳山谷的泰山和沃尔萨。

一整天,他们都向着东北进发。有时候天下一点雨,有时下得更大。大风暴正在集结,但是在白天还没有爆发。中午时分,泰山捕杀了一些猎物,吃完以后,两人又立即前进了。

黄昏时分,两人从山谷上到一块高地,近处见不到高山了,远处隐隐约约可见细雨中的山峰。

突然,沃尔萨兴高采烈地高声叫起来:"我们到了!这里就是仙乐特。"

泰山沿着他指的方向看见远处有一座平顶的山峰,下方的低云反射出一片暗红的光。"那就是仙乐特,"他问,"泰纳就在它的东边?"

"是的,"沃尔萨回答道,"那也意味着安萨尔就在这个高台边缘的下方,就在我们面前了,来吧!"

两人沿着平坦的草地迅速地走了一两英里,来到高台的边缘,下面有一个宽阔的山谷。

"我们几乎到了安萨尔的南端,"沃尔萨说道,"那里是卡士内,黄金城——一个富裕的城市,可是他们的人民是我们的敌人。"

透过细雨,泰山看到河流和森林之间有一座带城墙的城市。房屋全是白色,带有深黄色圆顶,穿城而过的河流上横跨一座大桥,在黄昏的暴风雨中也是暗黄色。

泰山看到河流穿过十四五英里长的山谷,汇集着山上流下来的数条小河,沿着山谷还有一条标记清楚的大路。

泰山的眼睛又回到卡士内,问沃尔萨:"为什么你们叫它黄金城?"

"你没有看见黄金屋顶和黄金大桥吗?"沃尔萨说道。

"它们是金色油漆吧?"泰山问。

"它们是真金白银覆盖的。"沃尔萨回答道,"屋顶上的黄金有一英寸厚,大桥是用金块搭建的。"

"他们在哪里发现的黄金?"泰山问道。

"他们的金矿就在城南的山里。"沃尔萨回答道。

"你的祖国泰纳在哪里?"泰山问道。

"越过安萨尔东面的群山就是。你看到了城市上方五英里处的河流和大路穿过的树林了吗?你看,它们穿过群山。"

"是的,"泰山回答,"我看到了。"

"大路和河流穿过勇士关,流进了泰纳山谷,山谷的东北一点就是阿特纳——象牙城。那里,关口以外,就是我的祖国。"

"我们离阿特纳多远?"泰山问。

"二十五英里远,可能更近。"沃尔萨回答道。

"我们倒不如现在动身,"泰山建议,"因为在这样的大雨中躺一夜,不如现在就进发更舒服。我猜想在你的祖国可以找个干燥的地方睡觉。"

"当然啦,"沃尔萨回答,"不过,大白天穿越安萨尔不安全,我们会被站在卡士内城门口的岗哨发现,因为敌对的关系,要是穿过这个山谷,有可能我们要么被杀,要么被俘。"

"听你的,"泰山耸肩赞同,"不管现在动身,还是等到天黑,对我都一样。"

"这里不太舒服,"沃尔萨答道,"这里的雨水太冷了。"

"我之前也感觉不舒服,"泰山说道,"但雨不会一直下的。"

"如果我们在阿特纳,就会很舒服。"沃尔萨叹气,"我父亲的房子里有火炉,即便是现在这样的天气,火苗在原木周围燃烧,温暖极了。"

"云端上方已经阳光明媚了,"泰山回答,"可惜我们不是在云端,阳光并不明媚,也没有火炉,冷死了。"一丝微笑掠过嘴角,"说说火炉和太阳并不能让我暖和起来。"

"不过,我还是希望我现在就在阿特纳,"沃尔萨坚持,"那是一座了不起的城市,泰纳是一个可爱的山谷,在那里,我们养山羊、绵羊和大象。那里没有狮子,除非是那些从安萨尔迷路逃来的,会被我们杀死。农民们种植蔬菜、水果和晒干草。工匠们制作皮革商品,用山羊毛和绵羊毛织布。雕刻师用象牙和木头制作的东西巧夺天工。我们和外界进行少量贸易,用黄金和象牙付款。要不是卡士内人,我们本可以过上无忧无虑、和平幸福的生活。"

"你们从外面买什么,和谁买卖?"泰山问道。

"我们买盐巴,因为我们不出产,"沃尔萨解释,"我们也买一

洪水下游 | 023

些钢材做武器,这些我们从索马里匪徒那里买。就是同一拨匪徒在和我做交易,匪首和国王来了又走,但是我们和这伙匪徒的关系没有改变过。我就是在找他们的时候,迷了路,被另一伙匪徒俘虏了。"

"你们从来不和卡士内做买卖吗?"泰山问道。

"一年一次,我们会休战以便双方能够和平交易。他们给我们黄金、食物和干草,我们则将从匪徒们那里买来的盐巴、钢材和我们自己出产的布匹、皮革和象牙作为交换。"

"除了开发金矿,卡士内人为了打仗和娱乐还养狮子,另外也种植水果、蔬菜、谷物和晒干草。大部分卡士内人在金矿工作,小部分在象牙车间工作。他们的黄金和干草对我们最有价值,我们最珍视干草,因为没有干草的话,我们就不得不减少象群的数量。"

"为什么相互依赖的两个民族还要打仗呢?"泰山问道。

沃尔萨耸耸肩:"或许是因为习俗。尽管讲了很多次想要和平,我们却会怀念和平不能带来的紧张和兴奋。"他的眼睛亮起来。"偷袭!"他叫道,"这是我们的游戏。卡士内人带着狮子来捕猎我们的山羊、绵羊和人民,我们想要游戏,就会进入安萨尔去夺取黄金。不,我不认为我们和卡士内人会在意和平。"

两人聊了一会儿,沃尔萨讲述了自己在阿特纳的生活。说的时候,太阳已经西沉,浓密不祥的黑云在北边的山顶集结,在山谷的顶部积压得很低。

"我觉得我们可以动身了,"沃尔萨说,"天很快就要黑了。"

两人下到一个水沟,这里正好掩护他们以免被卡士内人发现。两人往水沟底部走去。

忽然,黑压压的风暴云后面劈出一道闪电,紧接着就是闷雷声,山谷上面，风暴之神怒不可遏，雨水像瓢泼一般，群山从他们视野里消失了。在他们到达平地前，暴雨已经下来了，山洪已经暴涨到他们刚刚下去的水沟里了。夜晚很快降临，黑暗彻底笼罩了他们，道道闪电刺破黑夜，争先恐后的雷声震耳欲聋。雨水就像厚重的毯子将他们包裹起来，像海浪裹挟着他们。这可是两个人从没见过的暴风雨。

他们也不好交谈，幸好有闪电照耀才不至于使两人分开，仅靠这一点，沃尔萨就能在山谷的草地上保持前往黄金城的方向，在那里他可以找到通往勇士关的道路，并继续前往泰纳山谷。

现在两人来到了城市灯光能够照得到的地方，一些窗扉发出了暗淡的灯光，不一会儿，两人就找到了通往目的地的道路，顶着狂风暴雨往北继续通行。

走了几英里，风暴之神的愤怒更加炽烈了，仿佛没有边际，它的巨力似乎要将这两个弱小之人也打得麻木不已。突然，就在最后巨力将要吞没两人之际，一道闪电火光冲天，照得整个山谷一片通明，雷声携万钧之力劈将下去。一团洪水落下来，将两人掀翻在地。

他们摇摇晃晃地站起身，发现已经站在一片开阔的激流中，没膝深的洪水在腿边打转，激流冲过两人，流向河里。

最后一搏之后，风暴之神力气用尽了。雨停了，黑云的缝隙里，月亮也出来了。雨季的最后一场风暴终于结束了。令人惊奇的是，在一片泽国之中，沃尔萨领着路，前往勇士关。

离黄金大桥还有七英里，那是通往卡士内的门户，那里有一个渡口，通往泰纳的大路要跨过这条河流。走到这里，两人花费了三个小时，终于到达了河岸边。

通往卡士内城内的河流变宽了，翻滚的河水挡住了去路。沃

洪水下游　025

尔萨犹豫了一下,说:"通常,河水只有一英尺深,现在,肯定有三英尺深。"

"很快会更深的。"泰山评论道,"只有少部分的风暴雨水有时间从山上和山谷高处抵达这里。如果我们要今晚渡河,最好现在就动身。"

"好吧,"沃尔萨答道,"跟我来,我知道渡口位置。"

当沃尔萨蹚进河水时,乌云遮住了月亮,周围又陷入黑暗中。以至于泰山跟着蹚河时,几乎看不到前面的向导。因为沃尔萨知道渡口的位置,他比泰山走得快,更让泰山看不清他在哪里。泰山只好摸索着朝河对岸过去,根本想不到有危险。

沃尔萨认为河水只有三英尺深,实际上已经到了泰山的腰部,他错过了渡口,一脚踩进一个水坑,瞬间,水流就裹挟着他,把他冲得很远。

溪水流速强劲,虽然同样强劲的还有泰山的力量,但此时也无用武之地。泰山在湍急的河水中拼尽全力想游向对岸,但是全然无助。

看到连自己的巨力都没有用,泰山放弃了挣扎,努力将鼻子保持在汹涌的水面上。就这也不容易做到,因为翻滚的河水将他不断翻来覆去。他的头淹没在水中,有时头浮出来,有时脚浮出来。他尽可能保持体力,期盼有哪股奇怪的水流将他带到靠近河岸之处。

他知道在卡士内城下几英里处,河流会经过一个狭窄的峡谷,因为之前他在高台边缘就看见了安萨尔的河谷。沃尔萨已经告诉过他峡谷外面还有深达上百英尺的瀑布,落入怪石嶙峋的峡谷底部。如果不能摆脱河水的钳制,他的厄运就不可避免。

但泰山既不害怕也不恐慌。因为在荒郊野外生活,他的性命一直处在危险之中,可他活得好好的。他在想沃尔萨怎样了。或许,他也被水冲走了,在自己前面或者在后面。

事实并非如此。沃尔萨已经安全地到了对岸,在那里等候泰山了。当泰山没有在合理的时间出现时,沃尔萨着急地大声呼喊他的名字。但没有听到回音,沃尔萨不确定泰山是否还在对岸。河水的轰鸣声淹没了两人可能的喊话。

然后沃尔萨决定等到天亮,他不能将自己还不熟悉的朋友置于荒野。

他一直等到天明,急切地朝对岸望去。可他的朋友安然无恙的最后一线希望破灭了,因为大白天也根本看不到泰山的一丝踪迹。最终他确信泰山被湍急的河水冲走淹死了。心情沉重的沃尔萨转身离开了,继续踏上通往勇士关和泰纳山谷的路途。

Chapter 5

黄金城

当泰山在涨满的湍急河水中拼命挣扎时,他完全没有了时间观念。对于他麻木的感官而言,他和死亡的搏斗似乎永无止境。

翻滚的河水有时候会将他带到河的岸边,他试图用手抓住岸边的一些东西,免得他被疯狂的水流带到瀑布摔死。努力终于没有白费,他的手指牢牢地抓住了一根顺河而长的藤蔓。

他成功地从湍急的河水中抽身而出,并上到岸上,在那里躺了一会儿,然后慢慢站起身,像狮子一样抖掉身上的水,在黑暗中四处张望,试图看穿这无尽的黑夜。透过灌木丛,他隐隐约约地看见远处有一丝灯光。有光就有人。泰山小心翼翼地靠近去观察。

离河几步远,他遇见了一堵墙,离墙很近他就看不见灯光了。爬到高处,他发觉城墙的顶部还在自己张开的指尖外。墙虽然建来是阻止人进入的,但总是有攀爬的地方。

后退几步,泰山猛地冲向墙壁,跳了上去。他张开的手指紧紧握住墙壁的边缘，慢慢抬起身子，从墙顶迈过一条腿，朝墙壁的另一边看过去。

他看到四五十码远有个灯光昏暗的庭院，仅此而已。这可不能满足他的好奇心。他悄无声息地下到有灯光的地面，小心翼翼地前进。他光着脚，感到脚下是石板路，便猜测自己到了一个铺满石板的庭院。

走到一半，消退的风暴在远处打了最后一道闪电，但足以让泰山看清自己的周围：一座低矮的建筑，一扇有灯光的窗户，深凹进去的门廊处站着一个人，泰山已经很明显地站在了那个人的面前。

立刻，沉寂就被一阵锣声打破了。大门打开，一群手持火把的人冲了出来。泰山在野兽本能的驱使下，正准备逃走，但他看到侧翼的门也被打开了，冲出来的也是一群手持火把的人。

意识到逃走无望，泰山只好抱着双臂站在那里，人群从三面将他包围起来。人群手里的火把让泰山看清自己站在一个铺满石板的四合院内，三面有屋，第四面是他翻越的墙。同时也看清包围他的大概有五十来人，各个手持标枪，虎视眈眈。

"你是谁？"一个人大声问道，同时，对泰山的包围圈也越来越小。他们讲的语言和泰山从沃尔萨那里学来的一样——阿特纳和卡士内两个敌对城市共同的语言。

"我是来自南方的一位陌生人。"泰山答道。

"为何到尼莫宫殿来？"讲话者的语气充满威胁和指责。

"我在上游很远的地方渡河，洪水将我裹挟到此地，碰巧我在这里上岸。"泰山答道。

问话的人耸了耸肩："好吧，盘问你并不是为了我，来吧，你要向我们的军官讲讲你的故事吧，但是他也不会相信你的。"

他们将泰山带到一座无屋顶、很低的房子里面，那里有几张简陋的椅子和一张桌子。墙上挂着武器，有矛和剑，还有象皮制作的镶有金边的盾牌。墙上还挂着一些动物的头骨，比如山羊、绵羊、狮子和大象等。

两个人站在屋角看守着泰山，另一个被派去叫上级军官了。其他人在屋子里闲聊，玩游戏，擦拭武器。泰山借机观察捉拿他的人们。

尽管长相粗野和愚笨，但这些人供应充足，有些人还很好看。他们的头盔、铠甲、脚踝套子和手腕套子都裹着象皮，镶着金边。长长的狮子鬃毛镶嵌在脚踝套子、手腕套子的边缘和头盔的顶部以及一些矛和武器上，做装饰之用。铠甲上的象皮被切割成圆盘状，这些铠甲的制作样式和沃尔萨穿戴的象牙铠甲相似。每块盾牌的中央都有一块结实的金子，普通士兵的马具和武器上也都有这些贵重的金属。

泰山默不作声，用看上去一动不动的眼睛打量着整个场面，不漏任何细节。两个勇士进来了，他们一迈过门槛，聚集在屋子里的人便鸦雀无声。泰山知道这两位是军官，他们的衣着服饰明显看出官阶高人一等。

按照一位军官的吩咐，普通士兵靠后，空出屋子的一角，然后两人坐在桌边，命令卫兵将泰山带过来。当泰山在他们面前站定后，两人用挑剔的眼光打量着他。

"为什么到安萨尔来？"其中一位明显是长官的人大声叫道，在盘问中都是他在提问题。

泰山回答的问题和被俘时大同小异，但是他可以感受到两位军官都不相信他的话。他们似乎预先确信他讲的东西都是不可信的。

"他看上去不大像阿特纳人。"年轻的军官评论道。

"那也证明不了什么,"另一个厉声喝道,"直率的人就是直率的人,他要是和你穿的一样,莫非你就像对你表弟一样放过他?"

"有道理。那他为什么到这里来呢?一个人不会单独从泰纳来袭击安萨尔的。除非——"年轻军官犹豫了一下,"除非他是来刺杀女王的。"

"我也想到了这一点,"年纪大的军官说,"因为上次我们俘虏了阿特纳人,他们对女王很怨恨,是的,他们很可能试图刺杀女王。"

泰山乐了,这两位竟然这么轻易地认定自己认为对的就是对的。但是他也想到如果他的命运就被这样一个审判所裁决的话,那么这样单边的审判对于决定他的命运是灾难性的,因此他示意开口讲话。

"我从来没有去过阿特纳,"泰山平静地说道,"我来自南方一个国家。一场意外把我带到这里。我来这里不是为了杀你们的女王或其他什么人。直到今天我都不知道你们的城市的存在。"这对于泰山来说已经是很长的讲话了,虽然他觉得让对方相信自己的可能性不大,但是也不是没有可能。

人类是很怪的,这一点没有人比泰山更懂了。因为见到的野兽比人多,他倾向于研究那些自己见到的人。他判断那个年纪大的军官喜欢发号施令,狡猾、残酷无情。泰山不喜欢他,这是野兽的直觉判断。

年轻军官完全不同,与其说狡猾,倒不如说是聪明,他的长相说明他是一个直率和开放的人。泰山判断他是一个诚实勇敢的人。

同时泰山也确信年纪轻的军官没有权威,和他的上级军官一比较就可以看出来。但是泰山宁愿和他说话,因为他认为自己有可能赢得年轻人的同盟，而非那个年纪大的军官，除非他有极大兴趣愿意被影响。因此，泰山问年纪轻的军官："阿特纳有人长得像我吗？"

对方犹豫了一下，然后很直率地说："不，你和他们不一样，你不像我见过的任何人。"

"他们的武器像我的武器吗？"泰山继续问，"角落里有我的武器，你们的人从我这里拿走的。看看吧。"

年纪大的军官似乎也有兴趣了，他命令一个士兵道："把它们拿过来。"

这个士兵把东西拿过来并放在两位军官面前的桌子上，有矛、弓、箭袋、草绳和刀子。两人逐一拿起并仔细查看，似乎都很有兴趣。

"它们像阿特纳人的武器吗？"泰山问。

"一点儿也不像。"年轻军官承认，"你认为这个东西是干吗的，托马斯？"当他检查泰山的弓时问同伴。

"让我来，"泰山建议，"我展示给你们看怎么用。"

年轻军官将弓递给泰山。

"小心啊，盖蒙，"托马斯提醒，"这可能有诈，用一个托词借机获取武器好杀死我们。"

"他用那玩意儿杀不死咱们，"盖蒙回答，"让我们看看他是怎么用的，来吧，你说你叫什么名字？"

"泰山，"丛林之王回答，"人猿泰山。"

"好吧，泰山，继续，但注意不要尝试袭击我们。"

泰山走到桌子边，拿起箭袋里的一支箭，朝屋子里看了一眼，墙的远处，从屋顶上挂下来一只狮子头，张着大嘴。他迅速弯弓搭箭，将羽毛的箭柄靠在肩上，放了出去。

大家的眼睛都盯着他，普通士兵都成了感兴趣的看客。每个

黄金城 | 033

人都看到箭柄在狮子的嘴巴中凸出来颤抖。每个人的喉咙里都发出不由自主的惊叹,还伴随着意外的掌声。

"把那东西从他手里拿走,盖蒙,"托马斯厉声说,"武器在敌人手里是不安全的。"

泰山把弓扔到桌子上,问:"阿特纳人用弓吗?"

盖蒙摇摇头,答道:"我们知道没有人用过这玩意儿。"

"然后你可以知道我不是阿特纳人了吧。"泰山说,他直直地看着托马斯。

"你是哪里人不重要,"托马斯厉声说道,"你是敌人。"

泰山耸耸肩,不说话了,自己已经尽了全力了。他确信他已经令他们相信自己不是阿特纳人,并且引起了年轻军官的兴趣。

盖蒙靠近托马斯小声地耳语,催促他采取行动。泰山听不见他们说什么。托马斯听得不耐烦了,很明显他不赞同盖蒙的意见。

"不,"等盖蒙说完,托马斯说,"我不允许这样,女王的生命如此神圣,绝不允许这个家伙自由。今晚把他锁起来,明天再决定怎么办。"他转身朝向一个下级军官,"把这个家伙押到大屋去。看着他别让他跑了。"然后起身,大踏步从屋子里出去了,盖蒙也一起走了。

他们走后,负责看押他的人拿起弓检查,并问泰山:"你叫这什么东西?"

"弓。"泰山回答。

"这些呢?"

"箭。"

"能杀人吗?"

"用它,我能杀死人、狮子、大象和水牛。"泰山回答说,"你要不要学学?"他认为看守室的和蔼气氛可能对他将来有用。目前他还没有想着如何逃跑,因为他对这些人和黄金城都有很大兴趣,他想要看到更多、了解更多。

摸弓的人犹豫了一下。泰山猜测对方很想试试这个武器,但又害怕耽误执行命令。

"只要一会儿,"泰山说,"让我给你展示一下。"

虽然很不情愿,看守还是把弓递给了泰山,泰山选了一支箭。

"这样拿着,"他在对方的手里正确地搭上弓箭,"告诉你的同伴站在一边,一开始你可能射不准。像我那样,瞄准狮子头。现在用力将弓弦向后拉。"

这个人五短身材,非常结实,但是泰山很轻松拉开的弓弦,他却很吃力。他放开弓弦,箭只飞了几英尺远,掉在了地上。"怎么回事?"他问。

"需要练习。"泰山告诉他。

"其中有诈吧,"下级军官坚持道,"你再拉一次我看看。"

别的士兵一边津津有味地看着,一边小声自言自语或者公开评论着。

"需要一个身强力壮的人才能拉得开这根棍吧。"一个士兵道。

下级军官艾尔西迪斯认真地看着泰山再次弯弓搭箭,他奇怪这个陌生人那么轻松地将这么沉重的木头拉开,其他士兵也羡慕不已。当泰山将箭再次射入狮子嘴里时,掌声又起。

艾尔西迪斯挠挠头皮,说:"我得现在就把你锁起来,否则,老托马斯会将我的人头挂在宫殿的墙上,但是我要学习使用你的弓箭,你确信拉弯那个你叫作弓的东西不会有诈吗?"

"不会有诈。"泰山向他保证。然后,泰山被一个卫兵押着穿过院子,来到另一幢大楼,被安置在一个房间,借着陪同卫兵的火把,他看见已经有一位居住者了。然后,士兵就离开了。

Chapter 6

踩了神的人

现在火把没有了,屋里一片漆黑。泰山不失时机地审视自己的牢房。首先,他摸索着来到房门口,发现房门是由一块结实的木板做的,和眼睛差不多的高度开了一个洞眼,里面没有看到锁具,不知道从外面是如何锁牢房门的。

离开房门,泰山沿着墙壁慢慢地走着,仔细摸着石头墙面。他知道另一个囚犯坐在另一端的椅子上,他都能听到那人的呼吸声,检查完房间,他离这位狱友越来越近了。

在后墙处,泰山发现有一个窗户,很小却很高。夜晚漆黑,他也无法判断这扇窗户是朝向外面还是通往另一个房间。要是作为逃跑通道,这扇窗户明显毫无用处,因为它太小了,容纳不下一个人穿过。

检查窗户时,泰山已经到了屋角,他的狱友正坐在那里,呼吸越来越快,或许紧张,或许兴奋。终于,狱友的声音从黑暗处传来:"你在干什么?"

"检查牢房。"泰山回答。

"如果你要找逃跑的通道,可能毫无用处。"狱友说,"除非他们带你出去,否则你是出不去的。我已经试过了。"

泰山没有回答,似乎无话可说,只有狱友有说不完的话。他继续检查房间,走过狱友身边,沿着第四面墙壁摸索着,但一无所获。泰山现在在一间长方形的石头牢房里,一头放着一把长椅,只有一扇门和一扇窗。

泰山来到屋角,坐在长椅上,又冷又饿,身上潮湿,但他并不害怕。他在回忆天黑了以后,自己在洪水的裹挟下发生的事情,又在猜想明天会发生什么事情。

屋角的狱友又问他:"你是谁?刚才我借火把光看出你既不是阿特纳人,也不是卡士内人。"他声音嘶哑,语气生硬,更像命令而不是问询。

这令泰山很不高兴,没搭理他。

"怎么回事?"狱友咆哮道,"你哑巴吗?"

"我不是哑巴,"泰山回答,"你不必朝我大喊大叫。"

对方沉默了一会儿,改换了腔调说道:"我们会被关押在这里很长时间的,我们倒不妨交个朋友吧。"

"就按你说的吧。"泰山回答,对方没有注意到他不由自主地耸了耸肩。

"我叫福贝格。"泰山的狱友说,"你呢?"

"泰山。"泰山回答。

"你是卡士内人还是阿特纳人?"

"都不是,我来自南方的国家。"

"你要是待在这里会发财的。"福贝格主动说,"你怎么碰巧到

踩了神的人 | 037

了卡士内的?"

"我迷路了。"泰山解释,他没有把自己被当成卡士内人敌人的故事完全讲出来。"我被卷进洪水里,冲到了这里,他们抓住我,指控我刺杀他们的女王。"

"他们指控你刺杀尼莫!那不管你是不是为此目的而来都不重要了。"

"什么意思?"泰山问道。

"我是说哪种情况你都会被杀死的。"福贝格解释,"无论哪样都会让尼莫开心的。"

"尼莫是你们的女王吗?"泰山漫不经心地问道。

"按照苏斯的鬃毛,她就是。"福贝格狂热地说道,"在安萨尔或泰纳再没有这样的女王了,永远都不会。通过利齿,她让祭司、上尉和议员都毕恭毕敬地站在她的身边。"

"但是她为什么要杀死我一个迷路的陌生人?"

"我们不会关押白人囚犯,只有黑人会被变为奴隶。现在,如果你是女人,你就不会被杀死,当然,你不要长得漂亮。"

"长得漂亮的女人会怎样?"泰山问。

"要是尼莫看见她……"福贝格意味深长地说道,"在尼莫看来,比女王漂亮就等同于叛国。为何人们将自己的妻子和女儿藏起来,那是他们觉得她们长得太漂亮。"

"你怎么到这里来的?"泰山问道。

"我不小心踩到了神的尾巴。"福贝格忧郁地说道。

泰山刚刚就被这个人奇怪的誓言吸引到了,现在这个对神祇的惊人言论更令他震惊。和奇奇怪怪的人打交道让他通过观察学会了了解一些有关这些人的事情,而不是通过直截了当的提问,其中宗教问题是他主要关注的问题。所以,他判断说:"因此你正在接受惩罚。"

"不完全如此,"福贝格答道,"我的惩罚形式还没有决定呢。如果尼莫有其他娱乐活动,我就不会被起诉,就能逃避惩罚,被无罪释放了。但是机会不在我这里。因为尼莫没有足够的娱乐令她满意。"

"当然,她将我是否有罪的判决留给了我能否遇见一个人——那个人能让我毫无疑问地证明,在卡士内没有比我更加强壮的剑客或标枪手了。面对狮子,我可是毫无胜算,面对仙乐特的永恒怒火,所有人都是有罪的。"

尽管这个人讲的话都是沃尔萨教过的语言,但这些话还是令泰山摸不着头脑。他不了解女王的娱乐和司法行政有什么关系,从福贝格的评价中可以清楚地看出两者之间的关系。这个结论太邪恶了,这让泰山难以想象。

他依然在思考这个问题,想着仙乐特的怒火,这时困意来袭,将身体的不适一扫而净。

此时在南边,另一头丛林野兽潜伏在崇山峻岭之间。它的怒火因为遭遇风暴减少了不少,甚至在风暴的袭击中变得无影无踪了。新的一天来临后,它走到阳光里。这是一头我们从未见过的大狮子,一身金毛,满是黑鬃。

这头金毛黑鬃大狮子一边嗅嗅清晨的空气,伸伸腿脚,弯曲的尾巴紧张地摇晃着,一边看着自己的领地。因为它的威严,每处荒野都是百兽之王的领地。

从站着的高处,它黄绿色的眼睛打量着这片宽阔的平原,树木点缀其间。那里有丰富的猎物:牛羚、斑马、长颈鹿、弯角羚、大羚羊等。百兽之王饿了,昨晚的大雨阻止了它的捕猎。在阳光下,它眨着黄绿色的眼睛,威严地朝平原和早餐走去,而在北边的数英里远的地方，一个黑奴在两个士兵的陪伴下将早餐送给卡士内牢房里的另一位丛林之王。

随着脚步声走近，泰山醒了，从睡觉用的冰冷石板上坐起来。福贝格也坐在长椅的边缘看着门，说："他们带来的是食物还是死亡，没人知道。"

泰山站起来，没有回答。门打开了，黑奴进来，给泰山和他的狱友送来了早餐：用简陋的陶碗盛着食物，上釉的罐子盛着水。泰山看着站在门口的两个士兵和阳光满园的庭院。两个看守充满好奇、专注地看着他，两人昨晚没有值班，没有见过他，但他们早已从同伴处听闻了泰山拉开奇怪弓箭的事迹了。

"就是这个野人。"一个惊叫道。

"你要小心点，福贝格。"另一个说道，"我应该会讨厌和一个野人关押在一起。"然后，他对这个玩笑报之一笑，等黑奴走出去后，这人甩上门，三个人一齐走了。

福贝格开始重新打量起泰山，他注意到泰山的高大身材，宽阔的胸膛，窄窄的臀部，但是他大大低估了古铜色皮肤下面匀称的肌肉的巨大力量，然后，他看看自己粗糙多节的肌肉，表示满意。

"你是野人！"福贝格问道，"你有多野？"

泰山慢慢转向说话者，他听出来福贝格语气里隐隐约约的一丝讽刺。第一次在白天看到自己的狱友，看见他比自己略微矮点，身材魁梧，膀大腰圆，体重可能超过自己五十余磅。他也注意到他鼓出去的下颚，扁平的前额，和一双小眼睛。泰山暗中也很佩服福贝格。

"为什么不答话？"福贝格生气地问。

"不要装傻，"泰山告诫道，"我记得昨晚你说过，要是我们在这里被关押很久，是可以做朋友的。相互羞辱可做不了朋友啊，饭来了,吃吧!"

福贝格嘟囔了一下,将大手伸入黑奴拿来的碗中。因为没有刀叉和汤匙,想吃的话,泰山也只好这样做了。因此他用手指抓着饭吃。食物都是肉,筋道十足,半生不熟。要是肉都是生的,泰山倒是更能适应。

福贝格努力咀嚼着满嘴的肉食纤维,直到嚼碎成肉浆,才从喉咙咽下去。"一头老狮子昨天死了,"他评论道,"非常老的狮子。"

"昨天我就吃了一块泰纳山羊肉,"福贝格说,"很坚韧,一点也不嫩,比这个好吃一点。我已经习惯于好菜好饭了。在庙里,僧侣和宫廷里的贵族生活得一样。我是庙里卫兵中最强壮的,也是卡士内最强壮的人。当泰纳的偷袭者来犯,或者当我在袭击现场,贵族们都会惊讶我的力量和勇敢。我毫不畏惧,赤手空拳就能杀死好几个人。你见过我这样的人吗?"

"没有。"泰山承认道。

"是的,我们应该可以做朋友。"福贝格继续道,"对你肯定好。好多人都想和我交朋友哩。他们都知道我把敌人的头拧下来了,我就这样,薅住脖子和头,"他用一双大手,再次表演抓人和拧脖子的动作。"然后,拧断!他们的脊梁骨也会断,你认为怎样?"

"我认为你的敌人肯定不舒服。"泰山说。

"不舒服,"福贝格突然说道,"哎,伙计,他们要被杀死了!"

"至少,他们听不见了。"泰山评论道。

"他们当然听不见了,他们死了!"

"那不让我意外。"泰山向他保证。

"什么不让你意外?"福贝格问道,"他们死了,还是他们听不见?"

"什么东西都不会让我意外。"泰山解释说。

福贝格的眉毛拧在一起，陷入深思，他挠挠头，问："我们在谈啥？"

"我们在讨论什么更可怕，"泰山耐心解释，"是把你当敌人还是当朋友？"

福贝格久久地看着同伴，可以看出他也在深深思考，然后摇摇头："那根本就不是我们讨论的。现在我忘了，我从没见过你这样的蠢货。他们叫你野人就意味着你是疯子。我还得和你一起关在这里，不知道多久。"

"你可以除掉我。"泰山很严肃地说。

"我如何除掉你？"福贝格问。

"你可以拧断我的脖子啊，像这样。"泰山模仿福贝格在解释如何杀死敌人时的表演。

"我会的，"福贝格吹嘘道，"但是那样他们会杀了我的，所以我会让你活着。"

"谢谢。"泰山回答。

"至少，我俩关押期间不会。"福贝格继续说道。

关押期间失去自由，让泰山真是痛苦至极，但身体的痛苦倒不算什么。他可以用坚忍的毅力毫不抱怨命运，身体虽然被囚禁在四壁之内，但他的记忆却是漫游于丛林和草原，像过去那样自由自在。

他回忆起小时候，凶狠的卡拉保护自己在荒野中免受伤害，自己幼年时它用毛茸茸的乳房给自己哺乳。他记得它对背上的孩子多么温柔和耐心，怀抱着幼小的孩子在丛林间小跑寻找食物，碰到敌人时会逃跑。

这些都是他对于生活的第一印象。回到他两岁时，他还不能在树枝间游荡，在地上也没有进步，但后来他比人类娇惯的孩子在智力和体力上发育快得多。

他轻轻一笑，又回想起自己的养父——狂暴的塔布拉特。老"断鼻子"一直都不喜欢泰山，因为泰山漫长的幼儿期使得卡拉不能孕育其他猿猴。塔布拉特用不多的猿类语言说泰山是个孱弱者，既不聪明也不强壮，对于部落无用，它想要杀死泰山，希望得到老国王克查科的命令。因此泰山长大后，因为恨塔布拉特，就会想尽一切办法惹怒它。

过去的回忆只能付之一笑，除了他自己的命运和卡拉之死。那是后来的事情，是他长大以后。当最需要的时候，它总能够救他，直到他能够自卫，和丛林的居民平起平坐。他怀念的不是能够保护自己的臂弯和獠牙，他怀念的是那颗野蛮的心对自己的母爱，他所知道的唯一的母爱。

现在他的思绪转到其他丛林朋友，除了猿猴中他的很多朋友外，还有大象坦特，金狮杰达·保·贾，还有小猴子小内其马。可怜的小猴子！它被留在了那里。当泰山北去，这只小猴子得了感冒，泰山不想让它在这个雨季淋雨了。

泰山很遗憾没有带着杰达·保·贾一起来，因为尽管没有人类的陪伴它可以长期做得很好，但他依然会记得那些野兽朋友们。当然，当和人类接触时，金狮有时候会是一个令人尴尬的同伴。但它是一位忠实的朋友、一个良伴，它偶尔才打破沉默。

泰山记得抓住小狮子的那天。多么可爱的小家伙啊！所有狮子都是这么长大的。当回忆和金狮一起打猎和战斗时，泰山叹了一口气。

Chapter 7

尼 莫

当泰山被带入牢房时,他以为自己第二天一早会被讯问并释放,至少会被从牢房中带走。一旦出了牢房,他就不想回来了,丛林之王对于自己的能力还是很有把握的。

但是第二天和之后,他们仍没有让他出去。或许在吃饭时,他本可以逃脱,但每次一想到明天可以出去,他就决定等等。

福贝格比泰山关押的时间长多了,禁闭使得他情绪多变。有时他呆坐地板上几个小时,有时自己嘟囔几句,或说上很长时间,然后自己暴怒起来。对这样的挑衅泰山都保持沉默,即便这样,也会让福贝格更加发怒,但两个人都没有爆发。老话说,两个人才能吵得起来。泰山不愿意吵架。

"尼莫从你身上得不到任何娱乐。"福贝格数次挑衅都没有得到泰山的回应,尽管如此,今天早上他又咆哮道。

"即便如此,"泰山回应道,"那你可以弥补我缺少的娱乐给尼莫啊。"

"我会的,"福贝格叫道,"如果她想看打架,她会看到从来没有看过的场面,如果她把福贝格和任何人或者野兽配对打架的话。但是你!如果她想看打架,只会叫你和一个发育未全的孩子对抗。你没有勇气,你的血管里流的是水。如果她明智的话,她会把你丢在仙乐特——放在苏斯的尾巴边上。我会很高兴见到你在那里。我以铠甲之名打赌他们在阿特纳都能听到你的尖叫。"

泰山站在那里从房门的锁孔看着一方蓝天,直到福贝格停止讲话,他还是不语,完全漠视他的存在。

福贝格愤怒了,从椅子上站起身。

"胆小鬼,"他叫道,"为什么不搭理我?以苏斯黄牙的名义,我要教训教训你的无礼,会让你知道该说的时候最好还是说点话为好。"说完,他上前一步。

泰山慢慢转向愤怒的福贝格,眼睛盯着对方的眼睛,等待着,还是不说话。他的态度就是很明显的一本书,就连再愚蠢的福贝格也能读懂。福贝格犹豫了。

接下来不知道会发生什么事情,就在此时,四个士兵来了,打开大门,"跟我们走,"一个士兵说,"你们两个一起。"

福贝格恼怒地,泰山带着雄狮那样的野性尊严,在四个士兵的押送下穿过庭院,过了一个门廊,进入一个过道。这里的桌子后面,坐着七个裹着黄金和象牙的勇士。其中就有被俘那天晚上审问过泰山的两个人,老的托马斯和年轻的盖蒙。

"这些都是贵族。"福贝格小声告诉泰山。

"中间那位是老托马斯,女王的国师。他本来可以娶女王的,就是年龄太大不合适了。他右边的是艾洛特,以前和我一样是普通士兵,可是尼莫喜欢上了他,他就成了她的大红人。但她也不会嫁给他，因为他不是贵族出身。托马斯左边是年轻的盖蒙，他来自一个古老的贵族家族，给他服役的士兵都说他是个不错的人。"

福贝格闲聊时，他和泰山与卫兵已经站在了门口，等着被叫进去。泰山这才有机会观察建筑和里面的装修：屋顶很低，由沿着墙壁隔开的一系列柱子支撑着。柱子之间，几位勇士围坐的桌子后面的墙壁上有几扇未上玻璃的窗户，有三个门廊，福贝格和泰山从其中之一被带了进来，对面有一扇窗户，另外两边墙壁上也有一扇窗户。

地面上铺的是石头，有不同的形状和大小，拼接得天衣无缝。地面上还有一些狮子皮或者厚羊毛做的地毯。

泰山在检查房间南北时，被托马斯打断了。"把囚犯带上来！"他指示其中一位下级军官说道。

当两人被带到贵族们围坐的桌子对面时，托马斯指着泰山的狱友，问："这是哪位？"

"他是福贝格。"下级军官回答。

"他受到什么指控？"

"他玷污苏斯。"

"谁起诉的？"

"是高级祭司。"

"是一个意外，"福贝格急于争辩，"我无意冒犯。"

"这位呢？"托马斯又问，"他是谁？"

"这位自称泰山，"盖蒙解释，"你记得我俩在他被俘的晚上审问过他的。"

"是的，是的。"托马斯说，"我想起来了，他带着一种奇怪的武器。"

"他就是你告诉我的那个，"艾洛特问，"来刺杀女王的人吗？"

"就是他。"托马斯回答。

"他看上去真的不太像阿特纳人。"艾洛特评论。

"我不是。"泰山说。

"肃静！"托马斯命令道。

"为什么要我肃静？"泰山问道，"没有人为我说话，我要为我自己说话。我不是你们的敌人，我国人民也没有和你们交战，我要求自由。"

"他要求自由，"艾洛特仿佛开玩笑一样大笑一声，"奴隶也想要自由？"

托马斯半起身，脸上气得发紫，用拳头敲打着桌子，手指着泰山："叫你说话你再说话，奴隶，否则不要说话。"

"很明显他来自一个遥远的国度。"盖蒙打断，"毫不奇怪他既不懂我们的风俗，又不懂我们之间谁是老大。或许我们应该听听他的话，如果他既不是阿特纳人，也不是敌人，为什么我们要关押他或处罚他呢？"

"他攀爬王宫的围墙。"托马斯反唇相讥，"他来这里只有一个目的，杀死女王，因此就该死。"

"他告诉我们说是河水将他冲到卡士内来的，"盖蒙坚持道，"天那么黑，他最终爬上岸不知道自己在哪里，只是碰巧来到了王宫。"

"好听的故事，但是不可能。"艾洛特反驳。

"为什么不可能，"盖蒙问道，"我认为很有可能。我们知道那天晚上那么大的雨，没有人会游过河，这个人到不了攀爬宫墙的地点，除非他游过河或者经过黄金大桥。我们知道他没有过桥，因为那里重兵把守，那晚也没有人过桥。我们知道他既没有过桥，也没有游过河，那他唯一到达那个地点的方式就是从上游的河流冲下来的。我相信他的话，我们应该把他当作从遥远国度来的勇士。

除非我们有充足的理由推翻这点。"

"我不介意你为一个准备刺杀女王的人辩护。"艾洛特意味深长地讥讽。

"够了,"托马斯急促地说,"这个人将被按照尼莫认为最公平的方式得到审判和处决。"

他说完,一侧的房门打开了,一个穿着黄金和象牙制作的华贵衣服的人进到屋子里来,在门口处停下,他看着桌边的贵族们,大声宣布:"女王驾到!"说着迈过门来。

所有人的眼睛都朝门口望去,与此同时,贵族们都面对着女王要进来的门起身下跪。卫兵们下跪了,福贝格也照例下跪。除了宣布女王驾到的那个人和泰山,所有人都下跪了。

"跪下,豺狼!"一个卫兵低声吼道。在一片死一般的沉寂中,一个女人走进泰山的视野,在门廊雕梁画栋的门框处停了下来。站在那里,她威严地懒洋洋地看向屋子里。她的眼睛看到了泰山的眼睛,盯了一会儿。当她走向桌子和下跪的贵族们时,笔直的眉毛轻轻一皱。她身后跟着六个穿着考究的贵族,也是黄金和象牙满身。但是他们穿过房间时,泰山只看到华丽的女王一人。她比随从穿得简单一些,比粗陋的福贝格描述得漂亮多了。

一顶镶嵌了红宝石的王冠戴在眉毛上方,压住了一头乌黑油亮的头发。两侧盖住耳朵的是从王冠上垂下来的大金盘。后面突出几根向前弯曲的金丝,支撑头顶的红宝石。脖子上有一个金项圈,在白皙的脖颈中间吊着胸针和象牙吊坠。上臂上也有金圈,挂着一个弯曲的三角形象牙饰品。

当她走近,泰山发现,按照任何国家、任何时代的标准,她都是美貌绝伦的,这一点他非常确定。然而,她的出现也让泰山在想她到底是善良还是邪恶呢,因为她的举止风采显然显示两者不可兼而有之，尼莫女王，要么前者，要么后者。

当她慢慢走进屋子时，眼睛一直打量着泰山。泰山也一直紧盯着她看。她平展的眉毛有一丝嘲弄地皱着，直到她走到群臣跪着的桌子边。那皱眉不是表示生气，或许是产生兴趣和感到好玩，因为异常的事情才能激起尼莫的兴趣和好奇心。在她单调的生活中这可是罕见的，更加罕见的是有人胆敢不给女王应有的尊敬。

她停下，面对跪着的贵族们命令道："起来吧！"从她深沉的嗓子里发出的这一句话让泰山感到一种莫名的激动。"是谁站在那里不向女王跪拜？"她问道。

当贵族们面向女王跪拜时，只有泰山站在他们身后，两个看押的卫兵发现陌生囚犯如此冒犯女王时，立刻意识到了自己的玩忽职守，脸上也满是愤怒和恐惧。

托马斯火冒三丈，他气急败坏地说："他是一个无知鲁莽的野人，我的女王。他快要死了，因此他的行为不重要。"

"为什么处死他？"她问道，"怎么处死？"

"他将被处死是因为他半夜三更妄图刺杀您，陛下。"托马斯解释，"处死的方式由您，我高贵的女王决定。"

尼莫的黑眼珠一直打量着泰山，盯着他古铜色的皮肤和宽阔的胸膛，抬眼又看到他帅气的面庞，直到四目相接。"为什么不跪拜？"她问道。

"为什么要我跪拜一个他们说即将处死我的人，"泰山问，"为什么要我跪拜不是我的女王的人？为什么我，人猿泰山，从来不曾跪拜任何人，要跪拜你？"

"闭嘴！"托马斯叫道，"你的无礼可是没有止境啊，你可知道你在和尼莫女王讲话，你这个愚昧的奴隶，低贱的野人！"

泰山没有回答，也不看托马斯，他的眼睛盯着尼莫看。她让他有点着迷,不知道是作为尤物还是邪恶之物。

托马斯转向低级军官厉声命令道:"带他们走!带他们回牢房,直到被我们处死。"

"等一下,"尼莫说道,"我想再了解一下这个人。"然后,她转向泰山,"你是来刺杀我的吗?"语调平静,充满爱意。此刻这个女人是在提醒泰山:在和他搏斗的是一只"大猫"。"或许,你是为此目的的最佳人选,因为你看上去会各种武艺。"

"杀死女人可不是什么武艺,"泰山回答,"我可不杀女人,我来这里不是为了杀你。"

"那你为何到安萨尔来呢?"女王温柔地问道。

"我已经向那个红脸的老家伙解释两遍了。"泰山朝着托马斯点点头,回答,"问他吧。我已经厌倦向即将杀死我的人再次解释了。"

托马斯气得浑身发抖,半握着手里的短剑。

尼莫被泰山的话激得满脸通红,但是没有失态。"放回你的短剑,托马斯!"她冷冷地命令道,对于被冒犯,尼莫知道怎么处理。如果说泰山冒犯了谁,应该是托马斯,而不是尼莫。"这个家伙确实无礼之极,他的鲁莽一定会受到惩罚。另一个人是谁?"

"他是神殿守卫,叫福贝格。"艾洛特解释,"他亵渎苏斯。"

"这很有意思。"尼莫说道,"把这俩人送到斗狮场去,让他们俩赤手空拳打斗,而不要苏斯给他们任何武器。胜利者,释放。"她犹豫了一下,"在一定限度内自由,带下去吧!"

Chapter 8

斗狮场

泰山和福贝格被带回了小牢房。泰山在回房间的路上没有机会逃跑,因为看押他们的两个卫兵更加警惕了。

福贝格若有所思,情绪多变。他的狱友面对贵族们盘问的态度,对于尼莫的威严和权力的不屑一顾,已经改变了他此前对泰山胆量的估计。福贝格意识到这个家伙要么勇猛异常,要么蠢不可及,他当然希望是后者。

福贝格蠢不可及,过往的经验教会他致命搏斗的一些心理。他知道参加一场畏惧对手的打斗,他就算部分认输了。现在,福贝格不畏惧泰山,是因为他太愚蠢无知而不知畏惧。

泰山完全是另一副神情,聪明和充满想象力的泰山可以想象出即将到来的遭遇战,但死亡不足惧。因为他知道身体的苦痛,但不会被伴随的精神苦痛所打倒。

"毫无疑问,明天就会举行。"福贝格冷酷地说。

"明天举行什么?"泰山问道。

"我杀了你的搏斗。"福贝格开心地解释。

"你会杀了我!福贝格,我很意外。我认为你是我的朋友。"泰山的语气严肃。比福贝格略微聪明的人都会发现这是一个玩笑,但愚蠢的福贝格认为泰山已经开始受控于自己了。

"很快就结束了。"福贝格向他保证,"我保证不会叫你受苦很久的。"

"我猜想你会这样拧断我的脖子吧。"泰山一边说,一边假装用两只手拧东西。

"嗯,或许吧。"福贝格承认,"但是我要把你扔得远一点,我们必须让尼莫感觉好玩,你懂的。"

"确实,无论如何得这样。"泰山同意,"假如不是你把我扔得远一点,而是我把你扔得远一点呢?那也会令尼莫感觉好玩吗?或许,会令你感觉好玩吧。"

福贝格笑道:"这样想想也会令我感觉好玩,我希望你也有这种感觉。你还记得我告诉过你,我是整个卡士内最强壮的人。"

"哦,记得。"泰山承认,"此刻我倒是忘了。"

"你给我好好记着。"福贝格建议,"否则我们的搏斗一点儿都不好玩。"

"尼莫也不会觉得好玩,那可是很令人伤心啊。我们要让搏斗尽可能有趣和令人兴奋。不过,你不要太早下结论。"

"你说得对,"福贝格赞同,"越有意思,结束后,尼莫对我越大方。如果我让她觉得好玩,除了自由,她还会赏我一笔呢。"

"以苏斯的肚子之名,"福贝格叫道,拍着大腿内侧,"我们搏斗时间要久点,听着,怎样做到呢?一开始假装你打败我,我将允许你把我扔得远一点,明白吗?然后我占上风,把你扔得远一点。到了某一点,我们就轮流占上风,我给你暗示,你就假装害怕,从我身边逃开。我就满场追你,让他们开怀大笑,然后我就抓住你,当然,你必须让我在尼莫面前抓住你,拧断你的脖子,杀死你。我尽可能痛快地杀死你。"

"你真好。"泰山冷冷地说道。

"你喜欢这个计划吗?"福贝格问道。

"真的会令他们感到好玩,"泰山说,"如果计划奏效的话。"

"为什么不会奏效?如果你尽力了,肯定会的。"

"但是假如我杀了你呢?"泰山问道。

"你又来了!"福贝格叫道,"我得说你真是个好玩的人,会开玩笑,我告诉你没有人比我福贝格会欣赏玩笑了。"

"我希望你明天也有同样的好心情。"泰山说道。

第二天天刚亮,奴隶和卫兵就给两人送来了丰盛的早餐,这是他们自入狱以来最丰盛的一顿饭。

"好好吃,"一个卫兵敦促,"好有力气给女王表演一场精彩的搏斗。你们俩有一个这是最后一餐了,所以都好好享用吧,因为没有办法讲得出谁是那个人。"

"就是他了。"福贝格说着,用拇指急速地指向泰山。

"赌博也是这样押注的。"一个卫兵说,"即便如此,人也不能太过自信。陌生人块头大,看上去也是一个很强壮的人。"

一个小时以后,一大队士兵来了,从牢房里带走了福贝格和泰山,带着他们穿过王宫广场,来到绿树成荫的林荫大道。

这里成群的人围拢在那里等着看盛大的场面。士兵们稍息站着,靠在矛上。这对于被关押在黑暗牢房里面那么久的泰山来讲是很有趣的场面。泰山和福贝格被押着沿林荫大道走着。经过人群时,他们就会被指指点点,评头论足。

大道的尽头就是黄金大桥，横跨在河的两岸，这是用黄金打造的金碧辉煌的结构，由两头金狮把守着城市两侧的入口。下桥来到离城市一英里远的地方，有一块平地就是斗狮场。那里围着许多人，一队卫兵押着两位角斗士朝人群走来。

这是一座宽阔的圆形斗狮场，离平地深达二三十英尺。挖出的土匀称地堆在场地边缘，沿坡建造直到顶部，铺上石板作为座位。斗狮场的东面有一个坡道逐级而下，横跨坡道的是一个拱门，下面包厢专供给女王和贵族们。

泰山穿过拱门，沿着坡道下到斗狮场，看见一半的座位已经坐好了人。观众吃着带来的食物，笑着聊着。对他们来说，今天就是个欢乐的日子。

卫兵押着两人来到斗狮场的远端。一排座位沿着坡道排开，一个梯子沿着墙壁可以爬上去。泰山和福贝格被安排在坡道边，一旁站着卫兵。此时，泰山听到了城里的方向正锣鼓喧天。

"他们来了！"福贝格叫道。

"谁？"泰山问。

"女王和狮子人。"福贝格回答。

"什么是狮子人？"泰山问。

"他们是贵族。"福贝格解释，"只有世袭贵族们才能成为狮子部落成员，我们通常称呼所有贵族为狮子人。艾洛特是贵族，是因为女王封他为贵族，但他不是狮子人，因为他不是世袭贵族。"

锣鼓声越来越大，不绝于耳。泰山看见乐师沿着坡道下到斗狮场，来到椭圆场地的一边。在乐队的身后跟着一队卫兵，前锋举着燕尾旗。十六个黑奴用皮带牵着一头狮子，在战车的两边站着身着华衣的贵族，女王头顶上撑着一顶硕大的红色遮阳伞。蹲在后轮座位上的是两个举着羽毛扇的黑奴。

看到战车和坐在上面的乘客,座位上的人们纷纷起身,向统治者跪拜致敬。当游行队伍慢慢绕场一周时,阵阵掌声又从斗狮场四周响起来。

尼莫的战车后面跟着一队卫兵,再后面跟着几辆装饰精美的木制战车,每辆都由一位贵族赶着两头狮子拉着车。一队贵族光脚跟在后面,最后是第三队卫兵压阵。

车队绕场一周后,尼莫在人群的欢呼声中下了战车,从坡道来到自己的包厢。贵族驾驶的战车在场中央一字排开。皇家卫队在入口看守,没有任务的贵族们也纷纷进入自己的包厢。

紧接着接二连三举行的比赛有掷短剑、扔标枪、比力气和技巧、跑步比赛等。这些运动结束后,战车比赛开始了。每场比赛有两个选手,距离一样,就是沿着斗狮场跑一圈,因为狮子没有体力长距离奔跑。每一场比赛的获胜者可以得到女王的一面燕尾旗,而失败者会驶上坡道,在观众的啐声中离开斗狮场。然后再来两个选手比赛,直到最后一组结束比赛,胜利者重新配对比赛。因此通过淘汰,最后只剩下两位每轮比赛都获胜的选手。这就是今天首次上演的比赛活动。

战车比赛的获胜选手不仅会获得当天的喝彩,还会由尼莫亲自授予一顶黄金头盔。他自豪地乘车绕场一周后,会从女王拱门下面的坡道离开,他的黄金头盔在阳光下熠熠生辉。

"现在,"福贝格大声宣布,"就是人们看来最有意思的活动了,这也是他们期盼已久的了。我们不能叫他们失望啊。如果你信奉神灵,伙计,赶快祈祷吧,一会儿你就要被杀死了。"

"在你追我的时候,你会让我绕场一周吗?"泰山问。

Chapter 9

杀死！杀死！

狮子拉的战车被拉走以后，一群黑奴忙着打扫场地。观众站起身伸伸腿脚。贵族们从一个包厢走到另一个包厢和老朋友问候。斗狮场里人声鼎沸。这算是项目间歇的中场休息。

当喇叭声响起，看押卫兵命令福贝格和泰山下到斗狮场，又带二人绕场一周，好让人比较一下两个角斗士，挑选自己喜爱的一个。在他们经过女王尼莫的时候，她半眯着眼睛，半倾斜着身子打量着高大的泰山和矮胖的福贝格。

两人站在离皇家包厢不远的地方，队长向两人发出非常简单的指令：他们要待在场内，赤手空拳，相互厮杀，可以使用肘部、膝盖、脚和牙齿等，这就是所有的比赛规则。获胜者可以获得自由，但是需要得到尼莫的首肯。

"喇叭一响，比赛就可以开始了。"队长宣布，"愿苏斯和你们在一起。"

泰山和福贝格站在十步远开外,他们在等待开始的信号。

福贝格挺起胸膛,击打着双拳,弯曲双臂,鼓起臂弯的肱二头肌,凸起来像一块巨大的肉球。他向四周跳跳,活动一下筋骨。看到自己吸引了好多人的注意力,他感到极其开心。

泰山平静地站着,双手松松垮垮地抱在胸前,肌肉松弛。他看上去并不在意乱哄哄的人群和福贝格,但也不是一点儿都不在意周围发生的事情,他的眼睛和耳朵都保持着警惕,所以有备而来的泰山将是第一个听到开始信号的。

喇叭声起,泰山的眼睛看向福贝格。斗狮场一片肃静。两人相互靠近,福贝格昂首阔步,充满自信,泰山轻松自在,优雅地迈着狮子的步伐。

"祈祷吧,你!"福贝格叫道,"我要杀死你,一开始我要和你玩玩,好让尼莫觉得好玩。"

福贝格开始靠近,扑向泰山。泰山让他抓住自己的肩膀,然后他拱起双手,突然抓住对方的脚跟,在下巴处使劲将他推得老远。福贝格快速转过来,但他高大的身形已经被向后甩出十几步。观众发出意外的叹息声。福贝格跟跟跄跄站住脚,此时他的面孔气得有些变形。一瞬间,他就变得狂暴起来,怒吼一声冲向了泰山。

"不到一刻钟,"福贝格尖叫,"我就杀了你!"

"你要不要把我扔得远一点?"泰山一边低声问道,一边灵巧地躲开了对手的疯狂进攻。

"不!"福贝格尖叫着,笨拙地转动身体,再次猛冲,"我要杀了你,杀了你!"

泰山张开双手,舒展双臂,闪电一般用一只手勒住福贝格的脖子,然后又猛地转身,向前一探,将对手甩过头顶。然后福贝格就被重重地摔在斗狮场的沙地上。

杀死!杀死! | 057

尼莫从她的包厢里站起来,目光闪烁,胸口起伏。

福贝格站起身,但这次很慢,也不再猛冲,只是小心翼翼地接近对手。他改变了策略,想靠近泰山抱住他,紧紧一抱,然后靠力气将对方压死。

泰山一眼就看穿了对方的想法,他碰巧抓住了福贝格的左腕准备奚落对方。福贝格也不失时机地抓住泰山的手腕,试图将对方抱住。泰山疾步上前,用右手照着福贝格的脸就是狠狠一击,抓住对方的手,以他的胳臂为支点,自己的肩膀做另一支点,再次将对手摔倒在地。

这次福贝格很难再站起来了,他想慢慢站起身。突然站在他身旁的泰山弯下腰抓住他,将他举过头顶,吼道:"要我现在跑动吗,福贝格?你太累了,追不到我了吧?"说完,将福贝格扔到离尼莫包厢更近的地方,紧张地兴奋着。

就像狮子和猎物那样,泰山将这位曾经奚落过自己,并扬言要杀死自己的家伙,举起两次,又摔得离场边更近一些。

此时,围观的人群向泰山尖叫着,要他杀死福贝格——卡士内最强壮的人。

泰山再次抓住对手,将他举过头顶。福贝格轻轻挣扎了一下,毫无用处。泰山走到皇家包厢附近,将对手巨大的身体扔进了人群。

"带走你们最强壮的人吧。"泰山说道,"我可不想要他。"说完走到坡道前面,等着要他的自由。

在尖叫和吼声中,泰山最讨厌鬣狗的声音。人群将不幸的福贝格扔回到斗狮场,"杀死他!杀死他!"他们高声叫道。

尼莫从她的包厢探出身子,叫道:"杀死他,泰山!"

"我不会杀死他的。"泰山回答道。

尼莫脸色绯红,兴奋异常。"泰山!"当泰山抬眼望着她时,她叫道,"为什么不杀死他?"

"为什么我要杀死他?"泰山问道,"他没有伤害我,我只是在出于自卫或者觅食时才大开杀戒。"

福贝格被打得满身淤青,虚弱无助地站起身,像喝醉酒一样踉踉跄跄,他听见无情的人群高声叫喊杀死自己,也看见对手站在离自己几步远的坡道前,毫不在意自己。隐隐约约听见泰山拒绝杀死自己,但他对此无法理解。

"杀死他,伙计!"艾洛特对泰山叫道,"这是女王的命令!"

泰山抬头看了眼这位女王的宠臣。"泰山只会杀死自己想要杀死的人。"泰山小声说道,但还是传到了皇家包厢,"我是不会杀死福贝格的。"

"你这个傻瓜。"艾洛特说道,"难道你不明白杀死这个人是女王的愿望和命令吗?无人敢不听从,否则会没命的。"

"如果女王要杀死他,为什么她不派你来干?她是你的女王,不是我的。"泰山的回答既没有畏惧,也并不客气。

艾洛特吓坏了,他急忙看向女王,问:"要我命令卫兵杀死这个无礼的家伙吗?"

尼莫摇摇头,她的面容依然令人捉摸不透,但是眼睛里流露出一丝奇异的光芒。"我们给这两个人自由吧!"她说道,"放了福贝格,带另一个到我的宫殿里来。"

Chapter 10

在女王的宫殿里

泰山是由一队下级军官指挥的普通士兵押着来到斗狮场的,但是他却在一群贵族们的陪同下返回了城里。

他们从斗狮场一路跟随着他,向泰山恭贺胜利,赞扬他的勇武,问了无数问题,站在坡道上面陪同的是另一个贵族盖蒙。

"女王命令我陪同你到城里去,并且照顾你。"他解释,"今晚我就把你带到她的宫殿去。与此同时,你将会沐浴和休息。我猜想你吃了这么长时间的牢饭,肯定想要一顿丰盛的饭菜了吧。"

"我会很喜欢热水澡和好饭菜的。"泰山答道,"为什么要我休息呢?我几天都没有做事了。"

"但是你刚刚经历了一场一生中最艰苦的搏斗啊。"盖蒙叫道,"你肯定累了。"

泰山耸耸宽阔的肩膀说道:"你们最好照看福贝格吧,他需要休息,我不累。"

盖蒙笑道:"福贝格应该庆幸自己能够幸运地活下来,只有他自己照顾自己了。"

他们朝城里走去,其他贵族自寻伙伴或走在后面。盖蒙和泰山两个人走在一起,周围都是吵嚷的人群,还有大批的卫兵和狮子拉着战车慢慢穿行在其中。

"你现在可受人欢迎啦。"盖蒙评论道。

"几分钟前他们还高声呐喊叫福贝格杀死我呢!"泰山提醒他。

"我很奇怪他们今天如此友善,"盖蒙评论,"你涮了他们!要知道,这是他们期盼已久的一场死亡游戏,为此他们还是买票进场来看的。"

进城后,盖蒙带领泰山来到自己在王宫的住所,包括一间卧室、浴室以及和另一个军官共用的客厅。在这里泰山发现了一些武器和盾牌上面的装饰品,还有涂在皮革上的图画。他没有看见书籍或者印刷品,也没有任何文字之物。他想问问盖蒙此事,但是他发现盖蒙不识字。

浴室令泰山很感兴趣,浴缸是由陶土烧制的像棺材一样的玩意儿,水暖管件都是黄金制成的。在询问盖蒙后,泰山得知水是从城东的山上用巨大的水管引来,再用压力水箱分送到卡士内城内各处的。盖蒙叫来一个奴隶给泰山沐浴。

泰山洗好澡,客厅里已经准备好了饭菜。泰山吃饭时,盖蒙在旁边闲聊,这时进来一个年轻军官。此人长得脸型瘦小,眼神并不友善,当盖蒙介绍泰山跟他认识时,那人也不热情。

"谢绍和我住在这里。"盖蒙解释。

"我得到命令要搬出去。"谢绍厉声说。

"为什么?"盖蒙问道。

"给你的朋友腾地方。"谢绍不无酸楚地说道,然后就走到自己房间嘟嚷着奴隶和野人的话。

"他似乎不高兴。"泰山评论。

在女王的宫殿里 | 061

"但我很高兴。"盖蒙低声回答,"谢绍和我处不来,我俩话不投机。他是艾洛特的朋友,自从艾洛特成为女王的红人后,就把他升职了。他是金矿里工头的儿子。如果他们也提拔他的父亲,他倒是有机会晋升为贵族的。可是这个家伙是个卑鄙小人,就像艾洛特一样。"

"我听说过你们的贵族,"泰山说道,"有两种贵族,一种鄙视另一种,即使低等人可以获得比高等人更高的爵位。"

"如果他们是名副其实的人,我们倒也不会鄙视他们。"盖蒙答道,"老的贵族,卡士内的狮子人,是世袭的。另外的就是临时的,也就是从女王那里获封的一生荣誉而已。在某一方面,它是获得者比世袭贵族更高的一种光荣,因为是奖赏给有功勋的人。我是世袭的,否则一辈子也成不了贵族。我是狮子人,因为我父亲就是。我可以拥有狮子,因为很久以前,我的祖上就曾经率领国王的狮子打仗。"

"艾洛特如何获得的贵族封号?"泰山继续问道。

盖蒙苦笑一下:"他的服务都是私人的,他从没有给国家做过杰出贡献,如果有,也是他会拍马屁,是女王的阿谀奉承者。"

"你们的女王非常聪明,应该不会被阿谀奉承欺骗吧。"

"不是每个人都能一直做到。"

"野兽之中可没有拍马屁的。"泰山说道。

"你什么意思?"盖蒙问道。

"艾洛特就是野兽。"

"你污蔑野兽。你见过狮子溜须拍马以获得恩宠吗?"

谢绍进来打断了两人讲话。"我把自己的东西整理一下,"他说,"我叫一个奴隶来搬走。"他的举止没有礼貌。盖蒙点头同意,谢绍就出去了。

"他看上去很不高兴。"泰山评论。

"但愿仙乐特抓住他!"盖蒙脱口而出,"最好喂我的狮子,"他思索一下继续道,"如果它们想吃他的话。"

"你有狮子?"泰山问道。

"当然,"盖蒙答道,"我是狮子人,必须拥有狮子。这是阶级义务,每一个狮子人都有为女王打仗而养狮子的义务,我有五头呢。和平时期,我就用它们打猎和比赛。只有皇家和贵族们才能拥有狮子。"

太阳已经落在斗狮场西面的山外了,这时一个奴隶进到房间,从顶上的一根铁链垂下一盏标灯。

"到晚饭时间了。"盖蒙起身宣布。

"我已经吃了。"泰山说道。

"来吧,或许会会王宫的贵族们会让你感兴趣的。"

泰山说:"好吧。"就起身跟着盖蒙离开了房间。

四十几个贵族聚集在大餐厅里,当盖蒙和泰山进来时,托马斯、艾洛特和谢绍都在。另外有几个贵族,泰山在议事厅或者斗狮场也见过。

他们进来时,人群一片肃静,仿佛他们在讨论泰山或者被盖蒙打断一样。

"他叫泰山。"盖蒙一边向大家介绍,一边领着泰山来到桌子边。

托马斯坐在桌子的前面,显得不大高兴。艾洛特闷闷不乐地说话:"这个桌子是给贵族的,不是给奴隶的。"

"按照他的勇武和女王陛下的恩惠,这个人在这里就是客人。"盖蒙平静地说道,"如果有人胆敢对他的出现表示异议,我就用剑和他探讨探讨。"他转身看向泰山,"因为坐在桌子边上的都是和我平级的贵族,我很抱歉他们的失礼,希望不要冒犯到你。"

"鬣狗会冒犯狮子吗?"泰山答道。

宴会从社交来讲不算成功。艾洛特和谢绍一直低声嘀咕。托马斯一言不发,只顾着吃。盖蒙的几个朋友忙着和泰山讲话。泰山发现有几个还挺令人愉快的,也有几个会让人觉得高高在上。如果他们知道泰山也是英国的一个贵族,或许会大吃一惊,态度大变的吧。当然也可能因为他们并没有听说过英国,所以也不会被打动吧。

托马斯站起身,其他人也陆陆续续走了。在回到房间穿戴上精心制作的铠甲、头盔和装备以后,泰山被盖蒙带领到女王的宫殿。

"当我们见到尼莫,不要忘记跪拜。没有被问到不要讲话。"盖蒙提醒道。

一个贵族在前厅接待了他们,然后进去向女王通报了。当他们在等候时,盖蒙问泰山:"你有没有胆量?"

"你什么意思?"泰山问道。

"我所见到过的最强壮的勇士在尼莫面前都会发抖。"盖蒙向泰山解释。

"我从不发抖。"泰山回答,"怎么发抖啊?"

"或许尼莫会叫你发抖的。"

"或许吧,我为什么会在连鬣狗都不会发抖的地方发抖呢?"

"我不明白你的意思。"盖蒙答道,疑惑不解。

"艾洛特也在那里。"

盖蒙咧嘴一笑,问:"你怎么知道的?"

"我知道。"泰山说道,他觉得没有必要向盖蒙解释,当接待的贵族打开门时,他灵敏的鼻子已经捕捉到了女王宠臣的气味。

"我希望他不在。"盖蒙说道,脸上流露出一丝关切,"如果他在那里,这将是你不会活着出来的一个陷阱。"

"大家害怕女王,"泰山答道,"但是不会害怕鬣狗。"

"我考虑的就是女王。"

贵族回到前厅,他向泰山点头,说:"女王陛下现在接见你。"对盖蒙说:"你可以走了,盖蒙。不用你参加。"然后他又转向泰山。"当我打开门,宣布你进去,你就进去跪拜,直到女王叫你起来。不要讲话直到女王和你讲话。听见没有?"

"听见了,"泰山答道,"开门吧!"

从另一个侧门走出前厅的盖蒙,听到后笑了。

但是接待泰山的那个贵族没有笑,而是皱着眉头。这位古铜色的巨人泰山以一种命令的口吻和他讲话,让他无所适从,只好打开了门。但他很快地又觉得自己报复了泰山,至少他是这样认为的。

他高声宣布:"奴隶——泰山到。"

泰山迈步来到隔壁的屋子中央,笔直地站在那里,默默注视着尼莫,也没有跪拜。

尼莫面无表情看着泰山,艾洛特站在尼莫躺着的软沙发靠枕的边上,低吼着命令:"跪下,傻瓜!"

"闭嘴。"尼莫告诫,"我才是发号施令的人。"

艾洛特脸一红,手摸着剑柄。

泰山既不说话,也不动,眼睛不再看尼莫。尽管此前他认为她很漂亮,现在他意识到她比任何女人都美艳动人。

"今晚我不需要你了,艾洛特,"尼莫说道,"你可以走了。"

艾洛特脸色苍白,然后又变得通红。他想讲话,想想算了,就朝门口退去,单膝跪地鞠了一躬,起身离去。

当泰山越过门槛时,他就迅速注意观察房间内部的细节。房间不大,陈设和结构极其豪华:黄金的柱子支撑着屋顶,墙壁镶嵌着象牙，地面上铺的是各种彩色石板，上面还铺着彩色地毯和动物毛皮。

墙上挂着一些画，大部分都很粗糙，还有一批动物的头颅。在两个金黄色陶立克式立柱之间用链条锁着一头狮子。那是一头高大的狮子，脖子正中有一簇白色的鬃毛。

泰山一进屋，狮子就恶意地看着他。艾洛特刚刚出去关上门，它就迫不及待跳起脚，怒吼一声，朝泰山身上扑。链条阻挡了它，它很快落了下来，并低声咆哮。

"贝尔萨不喜欢你。"当野兽跳起来时，尼莫纹丝不动。当她注意到一动也不动的泰山对狮子毫不在意时，她乐了。

"他只不过反映了卡士内所有人的态度罢了。"泰山答道。

"未必啊！"尼莫反驳。

"不是？"

"我喜欢你。"尼莫声音很低，但是充满爱意。

"你今天在我的人民面前违抗我，但是我没有杀死你。你不觉得如果我不喜欢你，就会立刻杀死你吗？你没有跪拜我，这个世上还没有人那样做还能活着。我从来没有看见过像你这样的人。我不了解你，我想我也不了解我自己。你激起了我的好奇心，泰山。"

"满足了以后再杀我吧，或许。"泰山半带微笑，噘着嘴问。

"或许吧，"尼莫浅浅一笑，承认道，"过来坐在我身边，我想更多地了解你。"

"我要保证你不要了解得太多。"泰山说着走到沙发前，面对着尼莫，坐了下来。此时，贝尔萨低吼着，试图挣脱链条。

"你在自己的国家不是奴隶吧？"尼莫问，"我不应该这么问，你的每一个行动都证明了的。或许你是一个国王哩。"

泰山摇摇头。"我就是泰山。"他说，仿佛解释了一切，使自己高于国王之上。

"你是狮子人吗？肯定是。"尼莫坚持。

"对我都一样，那有什么区别吗？你可以立艾洛特为国王，但是他依然还是艾洛特。"

尼莫的脸色陡变，眉头紧皱。"你说的是什么意思？"她语气中有一点不悦了。

"我的意思是贵族头衔是不会让他变成贵族的。你可以叫鬣狗为狮子，但他依然还是鬣狗。"

"难道你不知道我很喜欢艾洛特吗？"她问道，"否则你就太考验我的耐心了。"

泰山耸耸肩："你表现出了恶劣的品位。"

尼莫直起身，眼睛闪着光，叫道："我应该杀死你了！"泰山一言不发，只是盯着她看。她说不出他是否在嘲笑她。最终她无奈地坐回到靠枕里面，问："有什么用？杀了你也不一定令我满意，此刻我应该习惯了你的顶撞。现在回答我，你在你自己的国家是不是狮子人？"

"我是一个贵族，"泰山答道，"我可以告诉你，那并不意味着什么，因为一个挖沟的人也可以变成贵族，如果他能控制足够的选票或者他是个将大笔资金捐献给执政党的酿酒商。"

"你是哪种？"尼莫问，"挖沟的还是富有的酿酒商？"

"都不是。"泰山笑道。

"那你为什么是贵族？"尼莫继续问。

"我是贵族不是因为我的功绩，而是因为出身。我的家族世代是贵族。"

"啊，"尼莫叫道，"就像我想的那样，你就是狮子人。"

"会怎样？"泰山问。

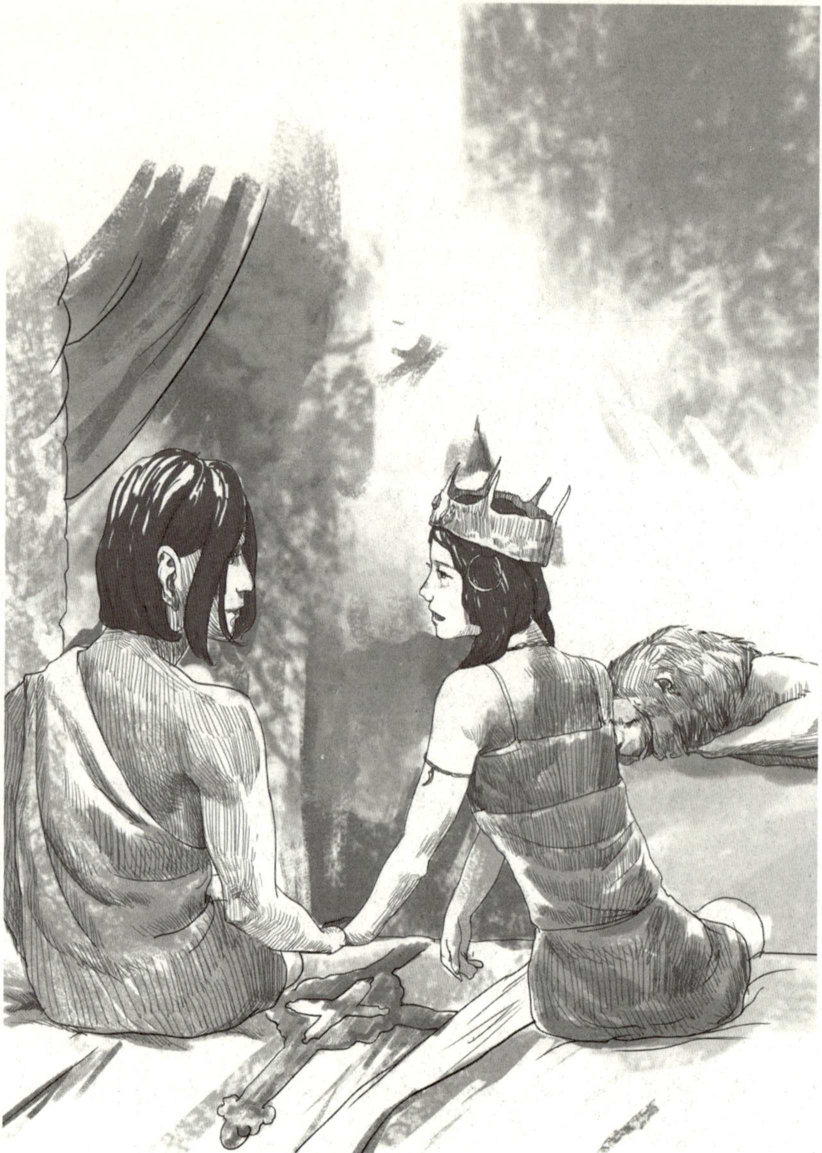

"那事情就简单了。"但她没有进一步解释，泰山没有理解也没有询问。事实上，他对这档子事情根本就不感兴趣。

尼莫伸出手，放在泰山的手上，那是一只柔软暖和、有点颤抖的手。"我准备给你自由，"她说道，"但是有一个条件。"

"什么条件？"泰山问道。

"就是你要留下，不要试图离开安萨尔，或者我。"声音有些急切和沙哑，仿佛在极力压抑着自己的情感。

泰山一言不发，他不能答应，所以不说话。

"我会封你为卡士内的贵族，"尼莫低声说，她坐直了身体，脸靠近泰山，"我将给你打造黄金头盔和象牙铠甲，卡士内最漂亮的。我会给你狮子，五十头、一百头也可以。你将会是我宫殿里最富有、最有权势的贵族。"

"我不想要这些东西。"泰山说道。

两人正说着，一侧的房间门忽然被打开了，一个女人走了进来。她个子很高，但是年纪有点大，背也有点驼，散乱的白色羊毛制品勉强遮身，干枯的嘴唇扭曲成了骂人或者咧嘴笑的形状，露出掉了牙齿的牙龈。她站在门口，倚靠着门，摇头晃脑，活脱脱一个颤颤巍巍的古代女巫。

在此间隙，尼莫直起身，四处张望，刚刚柔和的表情一扫而光，代之以阵阵怒气，难以言表，非常吓人。

老女巫用拐杖敲打着地板，头不停地点着，就像怪异和吓人的布娃娃。泰山这才意识到她的嘴唇扭曲成的丑陋形状，不是微笑而是丑陋骂人。

"来吧，"老女巫喋喋不休，"来吧，来吧，来吧！"

尼莫跳起身，看着她，尖叫道："穆杜泽！我杀了你，我要把你撕成碎片，滚出去！"

但是老女巫并不理会，一边用拐杖敲击着地板，一边喋喋不休道："来吧，来吧，来吧。"

尼莫慢慢走近她，就像被隐形的不可抗拒的力量所吸引。老女巫侧身让开，尼莫便穿过房间，走向远处的一个黑暗走廊。老女巫看着泰山，骂骂咧咧地跟在尼莫身后穿过门回去了，门在她身后悄无声息地关上了。

尼莫起身后，泰山也站起来了。他犹豫了一下，然后跟随尼莫和老女巫走向门口。然后他听到门开了，看见那个引他到尼莫跟前的贵族正站在门口，很有礼貌地说道："你可以回到盖蒙的住处。"

泰山像狮子一样晃了晃身体，仿佛眼睛被迷雾阻挡，他用手抹了一下眼睛，然后叹了一口气，走向门口。是轻松的叹息还是遗憾的叹息，谁也不知道。贵族侧身让他出去。

随着泰山走出房间，狮子贝尔萨又跳起来，试图挣脱链条，并发出一声巨吼。

Chapter 11

卡士内的狮子

在泰山和尼莫见面后的第二天早上,盖蒙进来见到泰山站在窗边,看着宫殿的庭院。

"很高兴早上见到你。"盖蒙说道。

"有点意外吧,或许。"泰山暗示。

"如果你没有回来,我本来也不会奇怪的。"盖蒙答道,"和她会面得怎样?还有艾洛特?我猜他会很高兴看到你出现在那里。"

泰山微笑着:"他好像没有,但是不要紧,女王很快就打发他走了。"

"你整晚都和女王单独在一起?"盖蒙狐疑地问道。

"贝尔萨和我,"泰山纠正,"贝尔萨似乎比艾洛特还不喜欢我。"

"是的,贝尔萨会在那里,"盖蒙说,"尼莫喜欢把它拴在附近,但是你不要生气它不喜欢你。贝尔萨不喜欢任何人,贝尔萨是个吃人的家伙。尼莫如何接待你?"

"她很好。"泰山向他保证,"我做的第一件事情就惹得她不开心。"

"什么事情?"盖蒙问道。

"我本来应该跪拜的却站着了。"泰山解释。

"我跟你讲过要跪拜的。"盖蒙尖叫。

"门口的贵族也讲了。"

"你忘了?"

"不是。"

"你拒绝跪拜?她没有杀死你,难以置信。"

"千真万确,她主动提出封我为贵族,给我一百头狮子。"

盖蒙摇摇头:"你施了什么魅术叫她改变的?"

"什么也没有,我倒是像被施了魅术。我告诉你这些是因为我很迷惑。你是我在卡士内唯一的朋友。我来和你讲讲昨晚在女王那里很多神秘的事情。我怀疑不论是我自己还是换一个人都不会理解这个女人。她在几秒之内就会变得温柔或可怕,柔弱或坚强。一会儿是独裁者,一会儿是女巫的忠实家臣。"

"啊!"盖蒙叫道,"你见到穆杜泽了吧。我保证她不会很热心。"

"一点儿也不,"泰山承认,"事实上,她根本不在意我。她只是命令尼莫走出房间。尼莫就出去了。这事神奇之处在于女王尽管很生气并不想离开,但她还是温和地顺从了穆杜泽。"

"有许多关于穆杜泽的传说,"盖蒙说道,"但是有一个版本,人们通常会在信赖的朋友之间偷偷地讲讲的。穆杜泽是尼莫祖父时候的一个奴隶,那时她还只是一个孩子,只比国王的儿子,也就是尼莫的父亲大一点。国王的儿子也就是尼莫的兄弟是在王后去世之前出生的,取名为阿莱克斯塔,活下来了。"

"那么阿莱克斯塔为什么没有当王呢?"泰山问。

"那是一个很长的有关宫廷阴谋和谋杀的神秘故事。更多人只是猜测，知道事实真相的活人也只有两个。据猜测，尼莫知道，尽管她可能只是接近事实真相。

"王后死后，穆杜泽的影响力与日俱增。穆杜泽宠幸托马斯，那时的托马斯还是一个不太重要的贵族。自那以后，托马斯的权势和影响力也与日俱增。王后去世一年以后，国王也死了，很明显他是被毒死的，这差一点就引起了贵族的叛乱。但是托马斯在穆杜泽的指导下，和贵族们达成妥协，通过将一个穆杜泽妒忌的女奴治罪并处死而平息了事端。

"托马斯担任少年国王阿莱克斯塔的摄政王达十年之久。在此期间，他很自然地在王宫和议会里发展了一批亲信和追随者。后来托马斯宣布阿莱克斯塔疯掉了，把他关押在神庙里面。尼莫十二岁就继承了卡士内的王位。

"艾洛特是穆杜泽和托马斯的儿子。这是一个让人觉得哭笑不得的局面。托马斯想娶尼莫，穆杜泽不允许。穆杜泽希望尼莫嫁给艾洛特，但是艾洛特不是狮子人。到目前为止，女王都拒绝打破这个要求君主必须嫁给卡士内世袭贵族的古老传统。穆杜泽之所以坚持这桩婚姻，是因为她要控制艾洛特。她阻止尼莫对其他任何男人的兴趣，那也毫无疑问地解释了为何她要打断女王和你的会面。

"你可以确定穆杜泽是你的敌人。因为谁要是妨碍老巫婆的路，就会死得很惨。要提防穆杜泽、托马斯和艾洛特一伙。作为你的朋友，我和你推心置腹地说，你也要提防尼莫。现在让我们忘记卡士内残酷和卑污的一面，去我早就答应带你去的小路走走，看看城市的美丽和人民的富庶吧。"

在古树参天的林荫大道上，盖蒙领着泰山走过低矮的、黄白相间的贵族宅邸。这些宅邸可以从有架子的门廊和围墙围起来的宽阔庭院来分辨。他们沿着石板路走了一英里。路过的贵族和盖蒙打着招呼，有些也向泰山点头致意。工匠、贩夫和奴隶都盯着看这位将卡士内最强壮的人打倒在地的古铜色巨人。

然后他们来到将城市一分为二的高墙边。巨大的城门现已打开，由卫兵把守着，从中可以看见居住着上等工匠和商人的城内。他们的庭院不大，房屋矮小简陋，但是明显看出富庶兴旺的样子。

远处是一个更加低档的街区，但是很干净整洁。这里的人家都没有显示出赤贫的迹象。在这里和其他街区一样，他们偶尔会看见驯化的狮子在巡行或者躺在庭院的门口。

他们两人继续朝市中心走去，一直走到一个四周都是商店的广场。这里云集着从奴隶到贵族各色人等。

也有一些奴隶牵着狮子展出待售，贵族主人忙着和潜在客户——其他贵族讨价还价。狮子市场附近是奴隶市场，因为不像狮子，奴隶人人都可以拥有，许多希望拥有奴隶的人都在热切地询问价格。

一个盖拉族黑人站在广场上，盖蒙和泰山停下来看看。

"让人感兴趣的是，"泰山叹道，"人们会认为像商品那样被卖掉是他们生活中的日常事。"

"不是天天。"盖蒙答道，"但并不稀奇。他被卖了好多次，我非常了解他，还曾经拥有他。"

正说着，就听到卖主高声叫喊："看看这位！看看他的双臂，看看他的双腿，壮得就像大象，身上毫无缺点。声音像狮子的吼声，从不生病，温顺得很，孩童都可以驾驭得了他。"

"他是如此倔强，没有人能够驾驭得了他。"盖蒙小声地对泰山说道，"那就是为何我不要他，而且他经常被卖来卖去的原因。"

"似乎有很多顾客都对他感兴趣。"泰山观察。

"你能看见穿着红色束腰外衣的那个奴隶吗？"盖蒙问道，"他属于谢绍，现在正在出价买那个盖拉族奴隶。他也非常了解这个盖拉族奴隶，这个奴隶属于我时他就认识。"

"那么，为什么还要买他？"泰山问道。

"我不知道，除了劳动，奴隶还有其他更多的用处。谢绍从不关心奴隶的性情如何和能不能劳动。"

最后谢绍的奴隶购买了那位待售的盖拉族黑人，泰山和盖蒙就继续朝展示商品的商店走去。有许多的皮革、木制、象牙和金质的商品，有短剑、矛、盾、铠甲、头盔和便鞋。有一家商店展示的只有女士服装，另一家只卖香水和香。还有珠宝店、蔬菜店和肉店。最后一家卖的是干肉、鱼和羊肉。商家的门前都安装了铁栅栏以防止路过的狮子袭击，盖蒙是这样解释的。

泰山走到哪里都会引来关注，还有一小群人跟在他们的后面，因为他一进市场就被认出来了。

"我们走吧。"泰山建议，"我不喜欢人多。"

"那我们回到宫殿，看看女王的狮子吧。"盖蒙说道。

"我倒是愿意看看狮子，不愿意看人。"泰山赞成。

打仗用的狮子被养在离王宫庭院相当远的圈舍里。建筑是用石头整齐垒起来的，刷着白漆。里面每头狮子都有一个独立笼子，由很高的石墙围成一个院子，墙顶上有尖尖的棍子，朝着墙内弯曲，以防狮子逃走。在这些院子里，狮子能自由活动。

还有一个更大的场地供训练之用，由贵族监督一群饲养员训练。这里奔跑的狮子要被训练遵守猎人的命令，跟踪、猛冲、找回猎物等。

泰山进入圈舍，一股熟悉的气味冲鼻而入。"贝尔萨也在这里。"

他对盖蒙说。

"有可能，"盖蒙答道，"我不知道你怎么会认出它？"

他们沿着笼舍查看里面的狮子，走在前面的盖蒙突然停了下来。"你怎么认出它的？"他问道，"昨晚，你知道艾洛特和尼莫在一起，尽管你没有看见，也没有人通知你。现在你竟然知道贝尔萨在这里，看，果然是它！"

泰山走近盖蒙，站在那里。一见到泰山，贝尔萨就冲到铁栅栏边猛扑过来，试图抓住他，与此同时发出让整幢建筑都颤抖的怒吼。饲养员立刻跑过来，以为哪里出问题了，但是盖蒙向他保证说只是贝尔萨在发脾气。

"它不喜欢我。"泰山说道。

"如果它抓住你，就会迅速干掉你。"领头的饲养员说道。

"很明显它会那样。"泰山答道。

"它是一个坏家伙，吃人的主，"盖蒙在饲养员离开后说道，"但是尼莫不愿意杀死它。有时候它被放在斗狮场去杀死触怒尼莫的人，让尼莫从犯事者的痛苦中得到开心。"

"以前它是女王最好的狩猎狮子，但是上次带它打猎，它咬死了四个人，差一点逃走，还咬死了进入斗狮场的三个饲养员，在有机会除掉它之前，它还会吃更多人。尼莫迷信：她的生命和贝尔萨的生命以一种奇特、神秘和超自然的方式联系在一起，一个死了，另一个也活不了。所以，最好别建议尼莫杀死这个老家伙。但我很奇怪它会这么不喜欢你。"

"我此前遇到过许多不喜欢我的狮子。"泰山说道。

"但愿你不要在空地上遇见贝尔萨，我的朋友！"

Chapter 12

在养狮场的人

泰山和盖蒙从贝尔萨的笼舍离开时,一个奴隶来到泰山身边,并对他说:"尼莫女王要见你,你立刻到象牙厅吧。盖蒙贵族在前厅等你。这是尼莫女王的命令。"

"没想到是现在!"当他穿过庭院走向宫廷时,泰山叫道。

"只有到了那里,才知道为什么会被尼莫召唤,"盖蒙评论,"要么接受荣誉,要么接受处死。尼莫喜怒无常。她总觉得无聊并想找乐子。有些时候她找乐子的方法很奇特,以至于人们会想她的脑子是不是——但是,不!这样的想法即使在朋友之间小声嘀咕也不可以。"

泰山到达王宫后,被立刻引到象牙厅,在那里,和前晚一样,他看到了尼莫和艾洛特。尼莫用一种迫切的笑容招呼他,艾洛特黑沉着脸,一点儿也不掩饰他越来越多的憎恨。

"我们早上有个消遣,"尼莫解释道,"召唤你和盖蒙来一起享受一下,一两天前,偷袭泰纳的一伙人抓住了一个阿特纳的贵族,我们准备今早拿他开涮一下。"

泰山点点头,他不懂她的意思,也不太感兴趣。

尼莫转向艾洛特,说道:"告诉他我们准备好了,要确保一切准备就绪。"

艾洛特红着脸,脸色阴沉地答道:"全部按照女王您的吩咐。"说完,便从门口退出去。

当门在艾洛特身后关上以后,尼莫示意泰山坐到软沙发上面,微笑着说:"看来艾洛特不喜欢你,他很生气你不跪拜我,也生气我不强迫你,我自己也不明白为什么我会这样。"

"有两个原因,其中每一个都不足以解释。"泰山答道。

"是什么呢?我很好奇你作何解释。"

"考虑一下陌生人的风俗和对客人尊重一点。"泰山建议。

尼莫考虑了一会儿,"是的。"她承认,"每一个都是很好的理由,但都和王宫的规矩不相符,但实际上这两个理由又是相似的,因此只是同一个理由,还有别的吗?"

"是的,"泰山答道,"有更好的,一个你会忽视的理由。"

"是什么?"

"就是你不能强迫我跪拜。"

一丝强硬的神色掠过尼莫的眼睛,这可不是尼莫期待的答案。泰山的目光没有离开过尼莫的眼睛,她却在其中发现了乐趣:"哦,为什么要我忍受它!"她叫道,同时一点恼火也消融了,"你不要对我那么强硬好不好?"她几乎恳切地说。

"我也想对你好,尼莫,"泰山答道,"但不能以我的自尊为代价。那就是我不跪拜的唯一理由。"

"还有别的理由吗?"尼莫问道。

"我希望你喜欢我,如果我对你卑躬屈膝,你就不会喜欢我了。"

"或许你是对的。"她沉思了一下便承认道,"大家卑躬屈膝,我一见就会恶心;大家要是不卑躬屈膝,我又会生气,这是为什么?"

"我讲了会冒犯你的。"泰山警告。

"过去的两天,我已经习惯了被你冒犯,"她答道,满是无可奈何,"你倒不妨告诉我。"

"他们不跪拜你生气,是因为你不自信。你希望他们这种外在的谄媚使得你能不断确信自己是卡士内的女王。"

"谁会说我不是卡士内的女王?"尼莫问道,立刻又充满了戒备,"谁敢说那话就会发现我掌握着他的生杀大权。"

"那也不会给我留下印象,"泰山说道,"我没说你不是卡士内的女王,只是说你的举止暗示了你的焦虑,一个女王应该自信才能亲切和仁慈。"

尼莫呆坐了一会儿,明显在思考泰山暗示她的东西。"他们不会明白,"她最后说,"如果我亲切仁慈,他们就会认为我软弱,就会利用我,最终毁灭我。"

"哦,泰山,我希望你能够答应留在卡士内,如果你愿意,他们就不会从我这里得到任何东西,我会给你建一座仅次于我的宫殿。我会对你很好,我们——你会过得很好。"

泰山摇摇头:"泰山只有在丛林里才会过得开心。"

尼莫向他倾斜着身子,猛地抓住他的肩膀。"我只能在这里让你过得开心。"她小声地说道。

"艾洛特、穆杜泽和托马斯可不这样想。"泰山提醒。

"我恨他们!"尼莫叫道,"如果这次他们还敢干预,我就把他们全部杀死。"

正说着，门突然开了，艾洛特唐突地进来了，他跪拜了一下，这个动作与其说是跪拜不如说只是一个姿态。

尼莫红着脸朝他怒目而视，冷冷地说道："在你进来前，确保你是被叫进来，并且我们表达过想接见你。"

"但是，陛下您，"艾洛特反对，"我难道不是习惯了——"

"你养了一个坏习惯，"尼莫打断，"所以你要改正。消遣安排好了吗？"

"一切就绪，陛下。"垂头丧气的艾洛特答道。

"那就来吧。"尼莫示意泰山跟着自己。

他们看见盖蒙在前厅等候，女王叫他跟上。前面和后面都是武装护卫，他们穿过几个走廊和房间，登上楼梯来到王宫的二楼，被带到一个能俯瞰小庭院的阳台上。一楼面向庭院的窗户都装有栅栏，顶上安装了扶手，削尖的木桩凸出来，后面坐着女王和一队人马，庭院看上去就是一个小型斗兽场。

泰山往下看，想着这个消遣会是什么。一侧的门打开了，一头年轻的狮子走到太阳地，眨着眼睛，四处张望。当它看到看台上正在看着自己的人们，它吼了一声。

"它会成为一头优秀的狮子，"尼莫评论，"从幼狮起，它就很凶残。"

"它在这里干什么？"泰山问道，"它要干什么？"

"它要给我们带来消遣。"尼莫答道，"现在一个卡士内的敌人将被扔进这个场地，就是在泰纳被俘的阿特纳人。"

"如果他杀死狮子，你就给他自由？"泰山问。

尼莫笑道："我保证我会的，但他是不会杀死狮子的。"

"或许，"泰山说道，"有人此前杀死过狮子。"

"赤手空拳吗？"尼莫问。

"你意思是这个人一点武装都没有？"泰山狐疑地问。

"对啊，当然没有。"尼莫叫道，"他在这里不是为了杀死或杀伤一头年轻的狮子，而是被杀死。"

"他没有机会的话，那就不是游戏，是谋杀。"

"或许，你可以下去为他战斗，"艾洛特讥笑道，"如果他是杀死狮子的冠军，女王会给他自由，这是习俗。"

"这是自从我当了女王后还没有先例的习俗，"尼莫说道，"这的确是斗狮场的法则。但是我还没有见过一个冠军敢主动冒险的。"

狮子在院子里走着，在看台下方站住了，盯着上面。这是一头极好的狮子，年轻而成熟。

尼莫又说："我将把它变成一头优秀的狩猎狮子，在它咬死几个饲养员后，我就决定将它变成大型狩猎活动的狩猎狮子。看，阿特纳人来了。"尼莫用手指着庭院，"那是一个相貌好看的年轻人。"

泰山看了一眼站在场地另一侧那个穿着象牙铠甲的健硕的人，他正勇敢地等待着自己的命运。狮子也慢慢掉转头，朝自己还没有看见的猎物看去。与此同时，泰山抓住艾洛特短剑的剑柄，从剑鞘里拔出武器，站在扶手的顶部，扑向下面的狮子。

他如此轻快和悄无声息，以至于没人看出他的意图，直到盖蒙突然惊呼一声，艾洛特也惊叫起来，而尼莫发出一声恐惧和惊慌的尖叫。尼莫靠在扶手的顶部，看见狮子挣扎着试图撕扯将它压在石板地面的人，想要逃跑。这头野兽发出的可怕吼声在这个狭窄的场地里回响着，混杂其中的是骑在它背上的人猿的吼声。他古铜色的胳臂搂住吃人野兽满是鬃毛的脖子，两条有力的腿紧紧锁住狮子的身体中部，等着适当的时机将艾洛特锋利的短剑扎进野兽的心脏。而作为猎物的阿特纳人则跑向两头搏斗中的野兽。

在养狮场的人 | 081

"以苏斯的名义,"尼莫叫道,"如果狮子杀死泰山,我会叫人把它的四肢扯下来,一定不能杀死他!下去,艾洛特,帮帮泰山。去,盖蒙!"

盖蒙没有迟疑,跳到扶手上,顺着木桩下到庭院。

艾洛特缩了回来,嘟囔了一句:"让他自己照顾自己吧!"

尼莫被泰山吓惨了,也对艾洛特感到愤怒和恶心,转向站在身后的卫兵:"把艾洛特扔到院子里去!"她指着那位阿谀奉承的宠臣,对卫兵发出命令。但是艾洛特没有等到自己被扔下去,就跟着盖蒙一起下到院子里。

艾洛特、盖蒙和阿特纳人都不需要帮助泰山,因为他已经将短剑扎进了野兽黄褐色的身体中。当被捅了两下后,这头咆哮着的野兽终于倒在了白石板上,声音也停止了。

然后泰山站起身来。此刻,周围的几个人,靠在扶手上的女王,黄金城都被他遗忘了。在这里,他不再是英国的爵士,只是一头会猎杀的丛林野兽。他站在尼莫王宫的中央,一只脚踩在狮子的尸体上,抬头向天,发出一声公猿猎杀成功后的可怕叫声。

盖蒙和艾洛特浑身发抖,尼莫恐惧地缩回身子。

阿特纳人没有动,他以前听过这种野蛮的叫声。对,这个阿特纳人就是沃尔萨。

泰山终于转过身,脸上的野性已消退了,他伸出一只手,搭在沃尔萨的肩上,说:"我们又会面了,朋友!"

"你又救了我的命!"沃尔萨叫道。

两人低声说话,台上的尼莫等人都没有听到。艾洛特害怕狮子没有死,吓得蜷缩在场地另一边的柱子后面。虽然被盖蒙听到了,但泰山并不担心,他很担心沃尔萨。其他人并不知道他认识沃尔萨,于是,泰山就是从阿特纳来刺杀女王的老一套故事立刻又传开了,似乎只有奇迹才能救得了他了。

此时，泰山的手依然搭在沃尔萨的肩头，迅速小声地说："他们还不知道我们两个认识，他们当中有些人在找借口杀死我，至于你，他们根本就不要借口。"

尼莫向周围的人下命令："下去，把泰山从场子里叫出来，然后让泰山和盖蒙一起到我这里来。艾洛特先回自己的住所直到我叫他。我不想再见到他了。把阿特纳人带回牢房，我会去告诉他将获得自由。"

"随便和他做什么吧，他是你的了。"尼莫叫道，"快到我这里来一趟，泰山，我担心你会被杀死，我现在还怕着呢。"

艾洛特和盖蒙表情各异地听着这些话，每个人都意识到这预示着卡士内宫廷事务会发生变化。盖蒙预计这将为尼莫的议会带来更好的变化，因此感到非常高兴。艾洛特看到了自己宏伟权力的脆弱结构，也反映出了他的权力大厦即将轰然倒塌。两人都惊讶于尼莫的新变化，毕竟此前除了穆杜泽的权威外，从未见过尼莫会服从任何人。

在盖蒙和沃尔萨的陪同下，泰山回到看台。尼莫慢慢恢复了平静，等着他们。此前，在为泰山的安危而焦虑后，又被人们的兴奋所感染，她展现出了性格中女性的一面，对此很少和她亲密的人可能会怀疑。但是现在她又是女王了，她傲慢地看着沃尔萨，又很感兴趣的样子。

"你叫什么名字，阿特纳人？"她问道。

"沃尔萨，"沃尔萨回答并继续说道，"克桑托斯家族成员。"

"我了解这个家族，"尼莫评论，"首领是国王的国师。这是一个高贵的家族，在血统和权威上接近王室。"

"我父亲就是克桑托斯家族的首领。"沃尔萨说道。

"你本可以成为一个贵族人质的,"尼莫叹息,"但是我承诺过要给你自由的。"

"我对此感到无上光荣,"沃尔萨答道,嘴唇掠过一丝微笑,"但是我要看到喜事才会满意。"

"我们都热切盼望着那一刻,"尼莫亲切地接过话,"与此同时,我们会安排陪同人员护送你回到阿特纳,希望有更好的运气,你能再次落入我们手里。明天一早,准备好送你回国。"

"我非常感谢您,"沃尔萨答道,"我会准备好的。我走时会带走对您——漂亮亲切的卡士内女王的回忆,并会终身珍惜。"

"直到明天,我们的盖蒙都会是你的接待人。"尼莫宣布完,对盖蒙说,"把他带到你的住所,盖蒙,让大家知道他是尼莫的客人,任何人不得伤害他。"

泰山要陪同盖蒙和沃尔萨回到住所,但是尼莫留住了他。"你和我回到我的房间,"她指示,"我要和你说话。"

他们走过宫殿,女王没有按照宫廷礼仪走在同伴的前头,而是靠近泰山,与他走得很近,一边盯着他的眼睛一边讲话。"我吓死了,泰山,"她推心置腹地说,"尼莫为一个人的安危紧张担忧,可不是经常有的事。但是当我看到你跳到斗狮场和狮子在一起时,我的心脏就像停止跳动了似的。告诉我,你为什么要那样做,泰山?"

"我为看到的东西感到恶心。"泰山回答。

"恶心!你什么意思?"

"懦弱的权力竟会允许一个手无寸铁、毫无防备的人被迫和狮子在斗狮场搏斗。"泰山坦白道。

尼莫脸红了,她冷冷地说道:"你知道那个权力就是我。"

"我当然知道,"泰山说道,"但是那确实可憎。"

"你什么意思？"尼莫厉声道，"你是要考验我的耐心吗？如果你更了解我，你会知道主动那样说是不安全的，即便是你。在你面前，我已经降格自贬了。"

"我不是试图考验你的耐心，"泰山答道，"我既不感兴趣也不关心你的自控力，我只是惊讶一个这么漂亮的人，竟会这么残忍。"

女王的脸红消失了，眼睛里冒起了怒火，她闷声不响地走着，内心突然反思起来。当他们到达通往女王房间的前厅时，女王突然停在了门口，把一只手放在泰山的胳臂上。"你很勇敢，"她说道，"只有勇敢的人才会跳到斗狮场，为了一个陌生人和狮子搏斗。也只有最勇敢的人才敢像你那样和尼莫女王讲话。和冒犯尼莫被处死相比，被狮子咬死算是仁慈的。"

"或许你知道我会宽恕你。哦，泰山，你施了多大魔力才会赢过我的权力！"她拉住他的手，把他往自己的房间门口领。"你要教会尼莫如何做人！"

当门打开，卡士内女王的眼睛里换了另一种神色，美丽的眼睛深处闪现出温柔的光芒，然后又换成了恼恨带来的冰冷强硬的眼神。因为在房间中间面对面站着的就是穆杜泽。

穆杜泽站在那里弯着腰，摇头晃脑，用拐杖敲击着地面，很可怕。虽不说话，她却恶毒地瞪着两个人。

如同一个被权力束缚的人，尼莫竟慢慢地走近老巫婆，把泰山留在了门口。门在他们身后慢慢地悄无声息地关上了。

泰山隐约听到拐杖在里面石板上发出了敲击声。

Chapter 13

深夜刺杀

　　一头大狮子悄无声息地越过卡法南面的边界。它如果想要沿着小路走,可有点难度。因为在即将结束的雨季下的一场暴雨早就把小路冲刷得一干二净。但是它依然充满信心地往前走着,毫不迟疑。

　　它为什么在那里?和它同类的习俗和习惯相反,是什么吸引着它踏上这艰苦而漫长的征途?它要前往何地?要去找谁?只有这头大狮子自己才知道。

　　在宫殿住处,艾洛特闷闷不乐地踱着步。谢绍趴在长椅上,双脚叉开。两人因为都面临着一场危机,所以惊恐不已。若艾洛特失宠,谢绍也会和他一起失势,这是确定无疑的。

　　"但是你应该有所作为。"谢绍坚持。

　　"我已经见过托马斯和穆杜泽了。"艾洛特有气无力地说道,"他们答应帮忙。没有人比穆杜泽更了解尼莫了。我和你说吧,谢绍,老巫婆吓死了，因为尼莫恨穆杜泽，如果这次阻止她的新激情会激发她的怒火，就会令尼莫彻底扫除对穆杜泽的一切恐惧，她会杀死穆杜泽。穆杜泽怕的就是这个。你也可以想见老托马斯多么害怕。没了穆杜泽，他就没了方向，尼莫容忍他就是因为穆杜泽这么要求。"

"应该还有别的办法。"谢绍再次坚持。

"只要泰山这个家伙能够将尼莫的心掀起波澜，我们就没有办法。"艾洛特答道，"为什么他不向她跪拜，还像对一个女奴那样和她讲话？"

"有办法了，"谢绍突然小声说道，"听着！"然后他详细地解释自己的计划。艾洛特坐下听他讲着，全神贯注，一副很感兴趣的样子。

谈话间，一个女奴走过客厅，消失在门外的走廊里。两人谈得如此投入以至于根本就没有注意到她的来去。

那晚在住所，盖蒙和泰山吃了晚饭，因为两人都不喜欢和其他贵族共进晚餐。沃尔萨在卧室睡觉，叫他们直到天明前都不要打扰他。

"当你取代了艾洛特，情况就会不一样。"盖蒙解释道，"他们就会奉承你，引起你的关注，等候你的新奇想法。"

"那绝不会。"泰山断然说道。

"为什么呢？"盖蒙问道，"尼莫会为你做任何事情。哎，伙计，甚至你想要统治卡士内，你都可以。"

"我不会的！"泰山答道，"我不做，尼莫会疯掉的，但我绝不会疯狂到去接受艾洛特曾经待过的那个位置。那个念头让我恶心，我们还是谈点开心的事情吧。"

"好吧，"盖蒙同意，报之一笑，"虽然有时候我会觉得你像个傻子，但是我又不由自主地钦佩你的勇气和正派。好吧，现在谈谈开心的事情！今晚我带你去拜访卡士内最美的姑娘吧。"

"我认为卡士内没有比女王更美的姑娘了。"泰山反驳。

盖蒙答道："尼莫并不认识她，从没有见过她，苏斯禁止她那样做。"

"我看你对她倒是十分感兴趣。"泰山微笑着评论。

"我爱上她了。"盖蒙简洁明了地解释。

"尼莫从没有见过她？我想那不可能永远见不到她吧，因为卡士内不大，如果这个女孩和你出身同一个阶级，其他许多贵族肯定会见识过这位姑娘的美貌。这样的消息也会迅速传到尼莫的耳朵里。"

"她的周围都是我忠实的朋友。"盖蒙答道，"她叫多利亚，图多斯的女儿。她的父亲是个很有权势的贵族，也是一个希望拥戴阿莱克斯塔重登王位的集团首领。但是由于尼莫和他家族之间的紧张关系，他本人和家族成员都不在宫廷出现。因此就很容易阻止多利亚美貌的消息传到尼莫那里了。"

两人正准备去多利亚家，却与谢绍不期而遇了。谢绍极其热情地打招呼，"恭喜你，泰山！"他叫道，也叫停了盖蒙，"今天你在斗狮场的功绩太高尚了。整个王宫都在谈论这事。让我成为首位告诉你的人吧：由于你的勇敢、力量和宽宏大量，赢得了美丽亲切的女王的信任。"

泰山向这个人点头致意后，继续向前走，但是谢绍示意他留步："我们应该多见面，我安排了一场盛大的狩猎，想邀请你作为嘉宾。只有几个人，都是精挑细选的一队人。我保证这将是一个很好玩的游戏。准备完毕，我会通知你何时开始打猎。好吧，再见，祝你好运！"

"我对于他和他的盛大狩猎都不感兴趣。"泰山边说边和盖蒙继续向多利亚的家走去。

"接受邀请或许也蛮好的。"盖蒙建议,"那家伙和他的朋友值得一看。如果你偶尔和他们在一起,能更好地观察他们。"

泰山耸耸肩:"如果我还在这里,你认为最好去,我就去吧。"

"如果你还在这里?"盖蒙叫道,"你应该不会马上离开卡士内,对吧?"

"哎,肯定会的,"泰山答道,"我会在任何白天或晚上就走,这里没有任何东西能留得住我。我没有承诺过,我希望逃走时不逃走的。"

盖蒙尴尬地笑了笑,他们穿行的林荫大道灯光昏暗,以至于泰山并没有注意到他的苦笑。"那可能让我觉得更加有趣了。"盖蒙评论。

"为什么?"泰山问道。

"尼莫把你交给我,要是你逃走了,我要负责的,我会被处死。"

泰山的眉头紧皱起来。"我还不知道这一点呢,你不用担心,我会等到你卸下责任才走。"他的脸上突然闪现出一丝笑容,"我认为最好叫尼莫把我交给艾洛特和谢绍照顾。"

盖蒙"咯咯"笑道:"这叫什么事啊!"

偶尔的火把光驱散了枝繁叶茂的大树下的暗夜,这些大树矗立在通往图多斯官邸的大道边。在两条窄路的交叉口,一棵高大的橡树下面,一个黑影潜伏着。在两人快走到危险区域之前,泰山就看见了黑影并且认出那是个人。泰山毫不怀疑这个人是冲他而来,立即做好准备,时刻警惕是丛林野兽的本能,无论有危险与否。

两人来到这个人影对面,泰山听到有人在小声叫他的名字。

他站住。"当心艾洛特!"那人小声说,"今晚!"然后那个人转过身,慢慢消失在狭窄小巷的黑影里。泰山定睛一看,觉得这个高大身形似乎有些熟悉,这个声音也有几分熟悉。

"你猜这个人是谁?"盖蒙问道,"来吧,让我们抓住他看看。"说完,就想沿着小巷去追那个人。

泰山一只手拉住他的肩膀,阻止了他,说:"不要,这个人一定试图和我交朋友。如果他要掩盖身份,我就不应该揭露他。"

"你说得对。"盖蒙赞同。

"我不需要追赶他,通过声音和步伐我就已经认出他来了,他转身离开的时候,他的气味又冲进了我的鼻子里。"

"我认为在一英里远的地方都能被认出来,他的气味肯定很强烈,这只会在野兽和强大的人身上才有。那为什么他怕你呢?"盖蒙问道。

"他不是怕我,而是怕你,因为你是贵族。"

"如果他是你的朋友,那他大可不必怕我。因为我是不会出卖朋友的。"

"这我知道,但是他不愿意。你是贵族,有可能会是艾洛特的朋友。我倒不介意告诉你他是谁,因为我知道你是不会借机去伤害他的。但是你肯定会感到意外,那是福贝格。"

"不会吧!为什么他会和一个打败他、羞辱他,几乎杀死他的人交朋友?"盖蒙露出了难以置信的神情。

"因为我并没有杀死他。福贝格是一个头脑简单的人,但他不是不懂感恩的人,他是那种对比自己强大的人比狗都要忠心耿耿的人,因为他崇拜蛮勇。"泰山解释道。

在图多斯官邸,卫兵马上认出了盖蒙,并放两人通行。两人被一个奴隶带到一间金碧辉煌的房间,在十几盏吊灯柔和的光照下,他们等着多利亚的到来,为此奴隶需要拿走盖蒙的戒指作为信物给她看。

柔软的便鞋在石板上落下的声音提示着女主人的到来,两人都向朝着天井花园的门廊看去。泰山很快看见一位绝色美女,但是即使她美过尼莫,他也不能说出来。造就美丽的容颜是有很多因素的,他也不得不承认图多斯家族将她隐藏起来是明智的。她就像老朋友那样问候盖蒙。当泰山出现在她的面前时,她举止亲切,毫不矫揉造作。

三个人愉快地聊了一夜。当泰山和盖蒙起身将要离开的时候,一位中年人进来了。这就是图多斯,多利亚的父亲。他非常亲切地和泰山打招呼,似乎很高兴见到他,并对安萨尔和泰纳山谷外面的世界问东问西。

图多斯是一个很帅的人,身材魁梧,体格健壮,眼神坚定,但是眼角已经有皱纹爬上来了,这正好又说明他是一个爱笑之人。他让人看一眼就会觉得值得信赖,因为正直、忠诚和勇气在他的脸上留下了明显的印记。一对眼睛和丛林之王一样善于观察。

当两位客人再次起身准备离开时,图多斯看上去很满意自己对于这位陌生人的评判。"我很高兴盖蒙能把你带到这里来,"他说,"他已经让我确信他对你的忠诚和友谊有十足的信心,因为你也知道,我们家族在尼莫宫廷中的地位,让我家里只接待放心的朋友。"

"我理解。"泰山答道。虽然泰山并没怎么多说,但是图多斯和多利亚都觉得他是一个值得信任的人。

当两人走到图多斯官邸外面的林荫大道上时,有一个人影悄悄地躲到几步远外的树荫里去了,两人都没有看见,悠闲地朝着自己的宫殿住地走去。

"多利亚说她去了斗狮场看我和福贝格的较量,"泰山评论,"我很想问你她为什么敢去啊?毕竟若是给尼莫知道了她的美貌,她就生命堪忧啊。"

"她出门都会好好掩饰的。"盖蒙答道,"灵巧之手只要抹几下,脸上就会出现凹陷,眼角就会有皱纹,你看!她就不再是世界上最美的女子了。尼莫见了她也不会多想,只要别叫尼莫仔细看她就可以了。最可怕的就是告密者。图多斯从来都不会将看见过多利亚的奴隶卖掉。一旦一个奴隶进来服务,除非经过多年的服务证明他的可靠,否则他是不能离开的。多利亚的生活是单调的,这也是她为她的美貌付出的代价。我们能够做的只有希望和祈祷哪天尼莫死掉,阿莱克斯塔继位才能改善她的处境。"

当泰山回到房间的时候,沃尔萨正睡在泰山的床上。被俘以来,他就没能好好休息,此外,他还受了一点轻伤。所以,泰山轻手轻脚并且没有开灯,以免吵醒了他。幸好有月光才驱散了一些黑暗,泰山沿着窗户的墙边,铺开一张兽皮,躺下来很快便睡着了。

而在房间的顶上,此时有两个人正蹲在靠窗的黑影里。两人蹲在那里悄无声息,一个人块头大,另一个人身形瘦小。整整一个小时过去了,两个人动都没动,只是调整一下蜷曲的姿势,缓解一下不适。

然后,矮个子站了起来,他腋窝下面的身体上绑着绳子,右手握着一把短剑。他小心翼翼、悄无声息地靠近窗口,仔细盯着地面观察起来,又坐在窗台上,将双腿钻过窗户。高个子双手紧紧拉住绳子,支撑着自己。矮个子收紧肚皮,从窗户里钻了进去,慢慢地,高个子将他放低,直到矮个子的头消失在窗台下。

高个子非常小心以免弄出声响,一直慢慢地降下绳子,直到矮个子在泰山的窗口上站稳脚跟。然后,矮个子伸手抓住格子,抖了两下绳子,告诉同伴自己安全到达目的地。高个子接收到信

深夜刺杀

号后，便让绳子从手里慢慢滑下去，因为下面的人在慢慢拽它。

在屋里，矮个子手里握着武器，小心翼翼、毫不犹豫地扑向床去。虽然他不慌不忙，但为了不发出声响，不吵醒睡觉的人，即使他已经到了床边，仍站立了很久，以便找好能将对方一击毙命的地方。矮个子知道客厅对面的房间住着盖蒙，他不知道的是，沃尔萨正躺在他利刃下面的床上。

在矮个子犹豫的时候，泰山睁开了眼睛。尽管刺客并没有弄出任何声响，但他的体臭已经传到了泰山的鼻子里面，传递到敏捷头脑的信息堪比声音传递的信息，所以弄醒了泰山。

泰山睁开眼睛的瞬间，不仅看清了屋子里的陌生人，也看到高高举在沃尔萨头顶的明晃晃的短剑。一见此情此景，他下意识地跳起身扑向那位毫无防备的刺客。就在短剑落下的瞬间，矮个子被从被害人的身边拖开了。

当两个人倒地的时候，沃尔萨醒了，从小床上跳起身。此时他才搞清楚发生了什么事情，但那个来犯的刺客已经倒地死了。泰山一只脚踩在尸体上面，犹豫了一下，昂起头来，嘴唇颤抖着发出公猿获胜后奇怪的尖叫声，随后从胸膛中也发出一声低吼。

沃尔萨此前听到过这样的吼声，既不意外也不震惊。但屋顶上的高个子听到野兽的吼声后，开始犹豫不决，快速地考虑下一步动作。他也听到了泰山将一个人摔倒在地的声音，可以推断发生了对抗，这让他警觉起来，他小心翼翼地爬到靠近窗口的位置观察，侧耳倾听。

在下面的房间里，泰山抓住矮个子刺客的尸体，从窗户扔到院子里。上面的高个子看到之后，马上转身，从这间房子悄悄逃走，消失在宫殿走廊的黑夜中。

Chapter 14

大猎捕

天亮之后,沃尔萨就要踏上返回阿特纳的行程了。昨晚一个奴隶得到指示今天一大早准备好早餐,此时,泰山和沃尔萨听到他已在隔壁屋里安排桌椅。

"我们见面了又要分开。"沃尔萨一边将鞋带绑在环绕脚踝的象牙护具上,一边和泰山说着话,"我希望你能够和我一起去阿特纳,我的朋友。"

"如果不是因为盖蒙负责照顾我,而我从卡士内走了他会丧命,我倒是愿意跟你走的。"泰山答道,"但是你可以确信哪天我一定会造访阿特纳的。"

"被洪水分开后,我还以为再也不可能看见活着的你了,"沃尔萨继续,"当我在斗狮场认出是你时,我都不敢相信自己的眼睛。你至少救过我四次命了,泰山。无论何时你来,都会在我父亲的宅邸受到热烈欢迎。"

"你要是觉得亏欠人情,可以一笔勾销,"泰山安慰道,"因为你昨天晚上睡在我的床上也救了我的命。"

"什么救了谁的命?"俩人正说着,门口传来一个声音。

"你好啊,盖蒙!"泰山招呼,"衷心恭贺你啊。"

"谢谢,恭贺什么呀?"盖蒙问道。

"恭贺你有睡得很香的杰出能力。"泰山笑着解释。

盖蒙一头雾水地问:"你讲的话我不明白。你们在谈论什么?"

"昨晚有一场刺杀,刺客被杀、尸体被处理,你因为睡觉统统都错过啦。福贝格的警告真不是闲聊。"

"你是说昨晚有人来这里要杀你?"

"倒是差一点杀了沃尔萨。"接着泰山简要地将昨晚刺杀的事叙述了一遍。

"你见过这个人吗?"盖蒙问道,"你认识他吗?"

"我没有注意他,"泰山承认,"我把他直接从窗户扔出去了,我好像不认得他。"

"他是贵族吗?"

"不是,他只是一名普通卫士。或许你见了会认出他的。"

"那我要去看一下,然后将此事汇报上去。"盖蒙说道,"我想,尼莫知道了会发怒的。"

"说不定她就是幕后指使呢,"泰山暗示,"毕竟她几近疯狂。"

"嘘!"盖蒙提醒,"即使小声说出这样的想法也会招来杀身大祸的。我不认为会是尼莫干的。你要是指责艾洛特、穆杜泽或者托马斯,我倒是会同意的。我得走了。沃尔萨,你走之前,要是我还没有回来,记住我喜欢招待你。可惜我们是敌人,下次见面我们还是要互相试图砍去彼此的头颅。"

"真是不幸和愚蠢!"沃尔萨答道。

"这就是传统啊！"盖蒙提醒道。

"那就但愿我们再也不相见，因为我可不喜欢杀了你。"

"我也一样，"盖蒙叫道，抬起手仿佛手里举着一个饮酒的牛角，"但愿我们再不相见！"说完，他就转身走了。

泰山和沃尔萨刚刚吃好饭，一个贵族就进来告诉他们，护卫已经准备好出发了。和泰山进行了简短的告别之后，沃尔萨就踏上了归途。

按照尼莫的命令，泰山的武器已经被归还了。此刻，他正在忙着检查武器，一会儿看看箭尖和上面的羽毛，又再看看弓弦和草绳。

这时盖蒙回来了，他明显很生气，但并不激动。这可是泰山看见他不苟言笑、冷若冰霜为数不多的几次。

"我和女王待了半个小时，很不愉快。"盖蒙解释，"我能活着回来算是幸运了。她非常生气有人竟然敢刺杀你，怪我玩忽职守。要我怎么办，难道一夜就坐在你的窗户上？"

泰山笑了。"我可是一个尴尬啊，"他轻松地说道，"我抱歉，我怎么帮你呢？是意外将我带到这里，是任性将我留下来，一个骄纵的女人的任性。"

"你最好不要告诉她那些话，也不要让我听见那些话。"盖蒙提醒。

"我或许会告诉她的，"泰山笑道，"我可不懂外交辞令这种烧脑的东西。"

"她让我来叫你进宫。我还是警告你要谨慎一点，即使你不会外交辞令。因为她就像一头暴怒的狮子，再进一步激怒她就会被劈成两半。"

"她叫我干什么？"泰山问道，"我就这样待在屋里，像一只宠物狗一样，被女王呼来喝去吗？"

"她要调查对你的刺杀案，也叫了另一些人去接受审问。"盖蒙解释。

盖蒙领着他穿过一个大厅，里面已经有一大群贵族聚集在那里，尼莫端坐在一个高大的座位上，她美丽的眉毛拧成了一道弯。看到两人走进屋里，她抬起了头，但一点笑容也没有。一个贵族走上前将两人带到王座跟前。

泰山扫视面前的那些贵族脸孔，他看到了艾洛特、托马斯和谢绍。艾洛特看上去很紧张，坐在椅子上焦躁不安，一边掰着手指头，一边抚弄着剑柄。

"我们在等你，"泰山落座以后，女王说道，"似乎你没能及时回应我的命令啊。"

泰山半带笑容抬起头，恭敬地解释："恰恰相反，我和盖蒙立刻就来了。"

"我命令你解释昨晚在你房间发生的事情，包括杀死一名卫士。"她说完，转过头和身边的一个贵族悄悄耳语了几句，那个人就离开了房间。"你可以继续。"她又转向泰山，说道。

"没什么好说的。"泰山答道，站起身，"一个人到我房间想杀我，反而被我杀了。"

"他是如何进入你房间的？"尼莫问道，"盖蒙在哪里？他认识那个人吗？"

"当然不认识了，"泰山答道，"盖蒙在自己的房间睡觉。想要刺杀我的人应该是从上面的窗户下来，然后从窗户钻进来的。因为在他身上还绑着一根长绳呢。"

"你怎么知道他是来杀你的？他袭击你了吗？"

"沃尔萨，那个阿特纳人，睡在我的床上。我睡在地板上。因

098

为房间太暗,刺客没有看见我。他就想当然地走到床边。当他站在沃尔萨身边举剑准备刺杀时,我醒了。然后,我杀死他,把他从窗户扔出去了。"

"你认识他吗?你以前见过他吗?"女王问道。

"我不认识他。"

正在这时,大厅门口传来了一阵噪音,引得人们抬头望去。只见四个奴隶抬着一个担架进来,然后放在女王的脚下,上面躺着一个人的尸体。

"是这个人试图要你的命吗?"尼莫问道。

"是的。"泰山答道。

她突然转向艾洛特。"你以前见过这个人吗?"尼莫问道。

艾洛特站起身,脸色苍白,浑身有点发抖。"陛下,这只不过是一个普通的卫士,"他反驳,"我可能见过他很多次,但是忘了。那也不奇怪,我见过的卫士太多了。"

"那你呢,"尼莫问站在自己身边不远的一个年轻的贵族,"你以前见过这个人吗?"

"经常见,"贵族答道,"他是宫廷卫士,是我的同僚。"

"他来宫廷服役多久了?"尼莫问道。

"不到一个月,陛下。"

"那之前呢?你知道他之前在哪里服过役?"

"他是一个贵族的扈从,陛下。"这个贵族有些犹豫地答道。

"哪个贵族?"尼莫问道。

"艾洛特。"证人小声答道。

尼莫用疑惑的眼神久久地看着艾洛特,说:"你的记性可真差。"她声音里带着毫不掩饰的嘲笑。

艾洛特脸色苍白、浑身发抖,他久久地看着死人的脸,然后说道:"我想起来了,陛下,但是他的长相变了,死亡改变了他。所以我没能立即认出他。"

"你在撒谎,"尼莫厉声道,"有些事情我就不明白了。我不知道你在里面扮演了什么角色,但你肯定参与了这次谋杀,我会查出来的。到那时,你会被逐出王宫。或许还有别的人。"她意味深长地看着托马斯,"我会查出所有人。查出来以后,斗狮场就是他们的下场。"

尼莫站起身,从王位上走下来,除了泰山,所有人都向她跪拜。当从泰山身边经过时,她停了下来,意味深长地看着他,小声地说:"小心点,你危在旦夕。我不敢看你很久,因为有人会不顾一切,要是你再到我房间来,即使是我也保护不了你。告诉盖蒙离开王宫,带你到他父亲那里去住。那里稍微安全一些,即使那样也还不算安全。稍等几日,我就会铲除我们之间的障碍。那时再见吧,泰山。"

泰山鞠了一躬。卡士内的女王走出了房间。贵族们从艾洛特身边围拢到泰山身边。泰山恶心地转身离开。"来吧,盖蒙,"他说,"没有必要在这里久留。"

当他们正要离去时,谢绍挡住了去路。"大狩猎已经准备好了,"他一边说,一边和气地摩擦着手掌,"我原本以为这拨讨厌鬼会阻碍我们今天狩猎,但是现在还早。狮子和猎物在树林边等着我们呢。拿起武器,在林荫大道边加入我们吧。"

盖蒙有些犹豫,他问:"你要和谁一起打猎?"

"就你、泰山和品第斯,"谢绍解释,"还有一队精挑细选的人马可以保证打猎成功。"

"我们会来的。"泰山说道。

两人回到住所拿武器,盖蒙显得有些忧心忡忡。"我不确定我们答应得是否明智。"他说道。

"为什么?"泰山问道。

"这有可能是给你安排的另一个陷阱。"

泰山耸耸肩:"嗯,有可能是,但是我不能老是故步自封躲在藏身处。我要去看看大狩猎是什么。我来卡士内以后经常听到这个词。谁是品第斯?我不认得他。"

"当艾洛特得宠时,他是一名卫士。但是因为艾洛特,他被解雇了。他倒不是坏人,但是性格软弱,容易受影响。但他肯定是恨艾洛特的,因此对他你倒不用担心。"

"我无惧任何人。"泰山安慰他。

"或许那是你的想法,还是小心为妙。"

"我总是很小心的。否则,我早就死了。"

"但是你的自鸣得意很可能会导致灭亡!"盖蒙不耐烦地吼道。

泰山一笑:"我欣赏危险,懂得自我克制,但是我不会让恐惧夺走自由和生活的乐趣。恐惧比死亡更加可怕。你害怕了,艾洛特害怕了,尼莫害怕了,所以都不开心。要是我害怕,我就会不开心,也不再安全了。我喜欢小心谨慎。哦,讲到小心,尼莫叫我告诉你把我从宫中带走,带到你父亲那里住。她说我待在王宫已经很不安全了。我认为是穆杜泽在跟踪我。"

"是穆杜泽、艾洛特和托马斯,"盖蒙说道,"我讨厌这三个贪婪、恶毒、口是心非的家伙走近我的身边。"

在住所里,盖蒙让人将他和泰山的行李搬到他父亲那里,尔后两人去会谢绍一行了。两人来到林荫大道,发现谢绍和品第斯已经等候在那里了。

品第斯三十岁左右的样子,样貌清秀,面相卑微,眼睛总是不敢直视,他非常真挚地和泰山打了招呼。当四个人沿着城中大道走向东门时,他一直都非常亲切。

在东门外有一片公园大小的平地,不远处有一片森林。城门口,四个奴隶用皮带牵着两头狮子,第五个奴隶围着脏兮兮的腰布,几近赤裸,蹲在不远的地上。

四个猎手走近这群人时,谢绍向泰山解释皮带牵着的是他的狩猎狮子。当泰山用眼睛扫视陪同他们在狩猎场上的五个奴隶时,他认出了蹲在不远处地上那个粗壮的黑奴——正是自己和盖蒙在集市拍卖场上见过的那个人。

谢绍走近黑奴,并对他耳语了几句,很明显是在下命令。

当谢绍下完命令,这个黑奴便越过平地朝着森林小跑着,大家都看着他的行动。

"为什么他要跑在前面?"泰山问道,"他会把猎物吓跑的。"

品第斯笑道:"他就是猎物。"

"你意思是——"泰山阴沉着脸问道。

"那就是大猎捕,"谢绍叫道,"我把人当猎物,就是最盛大的狩猎。"

"如果你抓不住他会发生什么?他是否就自由了?"

"当然不是!"谢绍叫道,"毕竟养一个奴隶太昂贵了,怎么会就那样轻易地放他走啊!"

当那个黑奴靠近森林边缘,谢绍和饲养员下了命令,放开拉着两头野兽的皮带。狮子立刻向猎物猛扑过去。

在离森林一半距离时,狮子放慢脚步。猎人们开始动身要赶超他们,谢绍和品第斯显得很兴奋,比普通打猎兴奋得多。盖蒙沉默不语,若有所思。

泰山感到恶心不已,乏味异常。但在到达森林之前,他的兴趣就被激发出来了。他想到一个计划,自己可以从今天的娱乐活

102

动中得到些许快乐。

猎人们随着狮子进入的这片森林非常美丽。里面的树木都很古老，明显受到了人的精心养护，地面也是如此。树上几乎没有朽木，树间偶尔长些灌木。泰山看见树木都像是公园里精心维护过的，而非天然生长的样子。

盖蒙给泰山解释了疑惑，原来许多年来，这里的人们都一直注重养护从黄金城到勇士关的这片树林。

到了林子里面，泰山逐渐落在了队伍后面。然后，当没被人注意时，他就在树枝间荡来荡去。他的鼻尖从一开始就在追踪明显闻到的猎物气味，现在他可能比狮子更清楚那个无法逃遁的人的方向。

在树梢间迂回游荡着，他始终让自己保持在队伍的周围，以便不让自己显得脱离了队伍。泰山在树冠中间穿梭，嗅到越来越强烈的猎物气味。他知道自己必须迅速行动，因为跟在自己身后的狮子和猎人离得并没有多远。一想到自己计划的结局，他灰色的眼睛里就闪现出了冷酷的笑意。

现在泰山看到了跑在他前面的那个黑奴。这个家伙顽强地小跑着，偶尔往身后看一眼。

泰山直接来到了这个人的头顶上，他用对方的语言朝下面喊："上树来！"

黑奴朝上看，但没有停下脚步。"你是谁？"他问道。

"你主人的敌人，我愿意帮你逃跑。"泰山答道。

"无处可逃。如果我上树，他们会用石头把我打下来。"

"他们发现不了你，我保证。"

"你为什么要帮我？"他一边问，一边停了下来，朝上找寻那个跟自己讲话的人。

"我和你讲了,我是你主人的敌人。"

黑奴现在看清了自己头顶的古铜色的巨人。"你是一个白人,"他叫道,"你在骗我,为什么白人要帮我?"

"快点!"泰山警告,"要不然来不及了,没人能帮你了!"

黑奴犹豫了一小会儿,然后他就跳上一根低垂的树枝,顺着树枝爬到泰山接应自己的地方。

Chapter 15

失败的阴谋

丛林之王背着获救的黑奴迅速朝东面逃去。在林子的外面,环绕安萨尔的群山隐约可见。他们跑了一英里,然后轻轻地下到地面。

"如果狮子能够追踪你的踪迹,"泰山对黑奴说道,"那也是你安全到达大山里面的目的地以后很久的事情了。不要耽搁,现在走吧。"

这个人跪倒在地,拉起救命恩人的手,说:"我叫哈飞姆,如果我能效劳,我愿意为你而死。你是谁?"

"我是人猿泰山,现在,快走,不要耽搁!"

"再帮我一个忙,可以吗?"黑奴恳求。

"什么?"

"我有一个哥哥叫奈卡,也被那些掳我的人抓住了。他现在在卡士内南面的金矿里当奴隶。如果你去金矿,告诉他哈飞姆已经逃走了。"

"我会告诉他的,现在快走。"

黑奴哈飞姆悄无声息地消失在树干之间,泰山又跳上树枝,荡回到猎人的方向。当发现谢绍他们后,他轻轻地下到地面,从后面接近他们。他们正围拢在哈飞姆爬上树的地方。

"你去了哪里?"谢绍问道,"我们当你迷路了。"

"我落在了后面,"泰山答道,"你的猎物在哪里呢?我以为你这个时候应该抓住他了。"

"我们也无法理解,"谢绍承认道,"很明显他爬上了这棵树,因为狮子跟踪他到了这里。它们就站着往上看,仿佛它们看见了这个人,但它们也没有吼叫。我们把它们重新扎上皮带,派一位饲养员到林子里,但是他也没有发现猎物的踪迹。"

"真是个谜!"品第斯叫道。

"确实是,"泰山赞同,"至少对于那些不知道这个秘密的人来讲。"

"谁会知道这个秘密?"谢绍问道。

"没有别人,就是那个逃跑的黑奴。"

"他还没有逃走呢,"谢绍厉声说,"他只是延长了猎捕,增加了乐趣。来吧,我们带一头狮子,他们带另一头。"

"赞同!"泰山说道。

"但是我要向女王负责把泰山安全带回去的,"盖蒙提出异议,"我不喜欢他脱离我的视线,哪怕一分钟。"

"我答应你我不会逃跑。"泰山安慰。

"我想的还不光是那些啊。"盖蒙解释。

"如果你担心我的安全,我可以向你保证我会照顾好自己的。"泰山补充。

盖蒙勉强同意了这样的安排。现在两队人马分开了。谢绍和盖蒙朝着西北进发,泰山和品第斯朝东。后面两人走了一段,狮子依然扎着皮带,品第斯建议他们分开,在林子里散开,这样可以更加仔细搜查。

"你直接朝东,"他对泰山说道,"饲养员和狮子朝东北,我朝北走。如果有人发现踪迹就大喊别人过来,如果一个小时后没有发现猎物的方位,我们就在林子东面的山边汇合。"

泰山点点头,朝着指派的方向走去,很快消失在树林里。但是品第斯和狮子饲养员却都原地未动。狮子看着泰山远去的背影,品第斯微笑着。饲养员不解地看着他。

"这样悲伤的意外此前发生了多次了。"品第斯说道。

泰山继续朝东方走去,忽然他听到了身后的响动,回头看去,对看见的东西一点也不意外。一头狮子正在追踪自己,是一头戴着卡士内狩猎狮子项圈的狮子。它是谢绍的一头狮子,也是陪同品第斯和泰山的狮子。

泰山马上猜出了真相,他的眼睛射出一丝残酷的光芒,其中也有鄙视,但脸上却露出一丝野蛮的笑意。

狮子意识到猎物发现了自己,就吼叫起来。

远处,品第斯听到了,笑起来。"让我们走过去吧,"他对饲养员说道,"我们不要太快发现遗体,那不好看。"

三个人慢慢地朝北走。

远远地,谢绍和盖蒙也听到了狮子的吼声。"他们找到踪迹了,"盖蒙停下来说道,"我们最好加入他们。"

"还不可以,"谢绍表示异议,"有可能是虚假的踪迹,我们要等到猎人发出叫声。"但是盖蒙感到有些不安。

泰山站在那里等着狮子靠近,他本来可以爬上树逃走,但勇

失败的阴谋 | 107

气让他留在原地。他讨厌背叛,揭露它会给他带来快乐。此时,他带着卡士内的矛和自己的猎刀,因为他的弓和箭都留在了住所。

狮子靠近了,似乎有点发蒙,不明白猎物为什么站着不动,不逃走而看着自己。它摇动着尾巴,头贴着地,慢慢靠近猎物,邪恶的眼睛里闪耀着愤怒的光芒。

泰山右手拿着结实的卡士内矛,左手拿着猎刀。随着狮子贴着地发起快速的猛冲,他用训练有素的眼睛测量着距离。当它全速前进时,泰山举起右手的矛,奋力地将这件沉重的武器扔了出去。

矛深深地扎进了狮子的左肩,扎穿了它的心脏,这头野兽的猛冲戛然而止。狮子被激怒之后,立起后腿,扑向泰山。就在它锋利的巨爪试图抓住泰山拉向自己流着口水的下颚时,泰山闪电一般快速地蹲下,并从它的身体下面跳了起来,跳到一侧,然后跳到狮子的背上。

狮子发出一声可怕的怒吼之后,转过身,试图用牙咬住或用巨爪抓住泰山古铜色的身体。但泰山用钢刀反复刺进它已经破碎和流血的心脏,狮子早已左摇右晃。

虽然狮子的活力是惊人的,但也经不住对手给它反复的致命伤。它很快倒在了地上,抽搐了几下就死了。

然后,泰山跳起身,一只脚踩在狮子的尸体上,向着卡士内树林的上空,从胸膛中发出一声可怕的胜利吼声。

听到这回荡在树林间的离奇吼声,品第斯和饲养员相互疑惑地看着,将手放在剑柄上。

"以苏斯的名义,那到底是什么?"一个饲养员问道。

"闭嘴!"品第斯警告,"你想因为你的叽叽喳喳招来那个东西悄悄扑向我们吗?"

"主人,那是什么?"另一个人小声问道。

失败的阴谋 | 109

"可能是那个陌生人死亡的叫声吧。"品第斯暗示,说出了自己心中的希望。

"声音不像是死亡尖叫,主人。"饲养员答道,"声音里有力量和得意扬扬,一点儿也没有虚弱和失败的迹象。"

稍远点,盖蒙和谢绍也听到了。

"那是什么?"谢绍问道。

盖蒙摇摇头:"我不知道,但是我们最好去看看是什么,我不喜欢这样的声音。"

谢绍看上去很紧张:"没啥,可能是树间的风声。让我们继续打猎吧。"

"没有风啊,"盖蒙不同意,"我得去看看。我要为泰山的安全负责。更重要的是,我喜欢他。"

"哦,我也是,"谢绍急切地叫道,"他不会有事的,品第斯和他在一起呢。"

"也正是我想的。"盖蒙观察,"他真的不会有事?"

"品第斯和他在一起呢!"谢绍说着,又示意饲养员带着狮子跟随。他们远远地跟随着盖蒙,然后忽然转身走向原来和同伴分开的地方。

与此同时,品第斯抑制不住好奇心,克服了恐惧,朝泰山的方向走去。

他们没有走多远,走在前面的品第斯突然停住,指着前方。"那是什么?"他问道。

一个饲养员向前探身,叫道:"苏斯的鬃毛!是一头狮子!"

他们慢慢向前走,看着狮子,左右观察。"是死的!"品第斯叫道。

三个人检查了一下狮子的尸体,把它翻过身。"它是被捅死的。"

一个饲养员宣布。

"盖拉族奴隶没有武器啊!"品第斯若有所思地说道。

"陌生人倒是带着武器。"另一个饲养员提醒道。

"不管是谁杀死了这头狮子,都一定是徒手相搏的。"品第斯思考着大声说道。

"那么,主人,他肯定在这附近,要么死了,要么受伤了。"

"他那天本可以将福贝格杀死,扔到斗狮场的人群中,"一个饲养员提醒,"福贝格就像婴儿一样,被他举起来四处走动,他很强壮。"

"那和这有什么关系?"品第斯恼火地问道。

"我不知道,主人,我只是想想。"

"我叫你不要想,"品第斯厉声道,"你去把那个杀死狮子的人杀了,他应该就在附近,可能在垂死中或者已经死了。"

这时,谢绍和盖蒙走近了。盖蒙非常关心他负责对象的安危,他并不相信谢绍和品第斯,他现在开始怀疑自己和泰山被分开是为了什么邪恶的目的。他走在谢绍的身后,饲养员走在狮子的身后。他感到一只手搭在自己肩上,就转过身。泰山站在那里,嘴边带着微笑。"你从哪里出来的?"盖蒙吃惊地问道。

"我们分开是为了寻找盖拉族奴隶——品第斯和我。"泰山解释,这时谢绍也转过身发现了泰山。

"你刚刚听到了一声尖叫吧?"谢绍问道,"我们以为你们中的一位受伤了,就赶紧赶过来看看情况。"

"有人尖叫吗?"泰山天真地问道,"或许是品第斯,因为我没有受伤。"

很快地,盖蒙、谢绍一行人遇到了正在灌木丛和附近的树林里搜寻的品第斯和两个饲养员。

失败的阴谋 | 111

当品第斯看见泰山,惊讶得眼睛睁得很大,脸色也变得苍白了一些。

"发生了什么？"谢绍问道,"你在找什么？你的狮子呢？"

"它死了,"品第斯解释,"有人捅死了它。"他没有看泰山,也不敢看。"我们认为那人肯定受了重伤或者毫无疑问地死了,所以正在找他。"

"你找到他了吗？"泰山问道。

"没有。"

"要不要我帮你一起找,品第斯,不如你和我单独去找他吧？"

品第斯好像哽咽了一会儿,然后叫道："不！那没有用,我们都仔细找过了,一滴表明他受伤的血都没有找到。"

"你没有找到猎物的一丝踪迹？"谢绍问道。

"一点儿都没有。"品第斯答道。

"他已经逃走了,我们不如回城吧。今天的打猎已经足够了。"谢绍一边闷闷不乐地嘟囔,一边朝着城里大踏步走去。

当队伍在盖蒙父亲的官邸前解散时,泰山靠近谢绍低声说道："我衷心祝贺艾洛特,但愿他下次会有好运气。"

Chapter 16

在苏斯的神庙

当盖蒙和父母与泰山一同吃晚餐时,一个奴隶进来告知多利亚的父亲派图多斯家族的信差来了,说是有要事和盖蒙相商。

"带他来这里。"盖蒙指示,一会儿工夫,一个身材高大的奴隶被引了进来。

"嗨,根巴!"盖蒙和蔼地喊道,"你给我带信来啦?"

"是的,主人,"奴隶答道,"非常重要,而且秘密。"

"你可以在其他人面前讲出来,根巴,"盖蒙答道,"是什么?"

"多利亚,图多斯的女儿,我的主人派我来告诉你,通过耍诡计,艾洛特进入到她父亲的官邸,今天和她说话了。他和她说什么不重要,最重要的是他见到她了。"

"这个走狗!"盖蒙的父亲叫道。

盖蒙脸色苍白地问:"就这些吗?"

"就这些,主人。"根巴答道。

盖蒙从口袋里掏出一块金币递给奴隶:"回到你女主人那里,告诉她我明天会去见她的父亲。"奴隶走后,盖蒙无助地看着父亲:"我能怎么办?图多斯能怎么办?有人能有办法吗?真一筹莫展啊。"

"我兴许倒有些办法。"泰山暗示,"此时,我对女王还是有信心的。我见到她会问问她,如有必要,我会代你求情的。"

盖蒙的眼里升起了新的希望。"如果你愿意,"他哭道,"她会听你的。我相信只有你能够救多利亚了。但是记住一定不要让女王见到她。"

第二天一早,一个宫里的信差带来了命令,要泰山中午去见女王,另外指示盖蒙陪同,还要带上一个强壮的卫士,因为她担心泰山敌人的叛乱。

"肯定有强大的敌人胆敢忤逆尼莫的心愿。"盖蒙的父亲评论。

"在卡士内只有一个人能做得到,"盖蒙答道,"那就是穆杜泽。来吧!"他继续道,"今早让我们在一起,看看同时还能做什么?"

"我想去卡士内的金矿看看,"泰山答道,"我们有时间吗?"

"有时间,"盖蒙答道,"旭日金矿离这里不远,不过你到了那里也没什么好看的。"

在卡士内去金矿的路上,盖蒙指给泰山看卡士内养狮子和发生战争的地方。但是他们没有停下来去看看这些地方,而是沿着山路蜿蜒而上,去往旭日金矿。

正如盖蒙警告的那样,这里并没有多少有趣的事可以让泰山看。这里的作业面是露天的,母矿基本就是在地表以上。金矿储量如此丰富,只要几个奴隶用一些简陋的十字镐和钢钎作业,就可以满足卡士内的金库之需。既不是金矿也不是黄金吸引泰山来访问此地,而是因为他答应了哈飞姆要给他的哥哥奈卡带信,也正是这个目的他才建议此行的。

当泰山在奴隶中间穿行时,他表面上检查矿脉,成功地和盖蒙以及卫兵分开,以便能够让自己和一个奴隶在无人注意的情况下说句话。

"谁是奈卡?"他用盖拉族语问道,放低声音讲话。

这个人惊讶地抬起头,但是用一种警惕的姿势保持和泰山的距离,又弯下腰小声答话:"奈卡就是我右手边的大个子,他是工头,你看他是不劳动的。"

泰山朝奈卡的方向走去,走近以后停了下来,弯下腰装作检查脚下挖掘出来的矿脉。

"听着!"泰山小声说道,"我给你捎个信,但是不要让任何人知道你和我在讲话。你的弟弟哈飞姆已经成功逃走了。"

"怎么逃走的?"奈卡问道。

泰山简要解释了一下。

"那么,是你救了他?"

泰山点点头。

"我只是一个可怜的奴隶,"奈卡说道,"你是有权有势的贵族,因此我也没有办法报答你。但是你有需要我效劳的地方,尽管吩咐我奈卡就是,我将拼了老命为你效劳。在那个小屋里,我和我的女人生活着。因为我是工头,我得到信任可以独自生活。你要想找我,到那里就可以。"

"我不求回报,"泰山答道,"但是我要记住你的住所,也许有一天会有用的。"说完,他就走了,找到盖蒙并一起返回了城里。

而在尼莫的宫殿里,托马斯进来跪拜了。

"现在有何事?"尼莫问道,"事情这么紧急需要打断我如厕吗?"

"是的，陛下，"国师答道，"我恳求您打发奴隶走开，我只能和您悄悄耳语。"

尼莫支开女奴，转向已经起身的国师："什么事情？"

"陛下您长久以来都有理由怀疑图多斯的忠诚，"托马斯提醒道，"为了陛下您的利益和王位的安全，我一直细心地观察这位有权有势的敌人。在爱与忠诚的激励下，艾洛特成为我忠实的代理人和盟友，正是他给您带来了这份密信。"

尼莫不耐烦地用木屐敲击着马赛克地板，喝道："结束自私自利的前言，直接告诉我你想讲的！"

"简短地说，是这样：盖蒙和图多斯密谋，希望得到他美丽的女儿作为回报。"

"那个虚伪的娼妓，"尼莫叫道，"谁说她漂亮的？"

"艾洛特告诉我盖蒙和图多斯认为她是世界上最美的女人！"托马斯回答，"还有别的人也是这么认为的。"托马斯补充。

"哪些别的人？"

"我暂且不提那人的姓名以免伤害您的尊严，"托马斯马屁十足地说道，"您一定要坚持的话，就是那个陌生人。"

尼莫坐直了身体，问："是你和穆杜泽编造的一派胡言吗？"

"绝非谎言，陛下。艾洛特跟踪盖蒙和泰山，看见他们深夜造访图多斯的官邸。他躲在林荫大道的阴影里，看见他们进去，并在里面待了很久，又看见他们出来。他听见他们因为多利亚吵了几句。他认为是盖蒙因为妒忌要谋害泰山。"

尼莫坐直了身体，僵硬在沙发里，脸色苍白，气得发抖。"有人得为此送命，"她小声说道，"去吧！"

托马斯从房间退了出去，他得意扬扬地回味着尼莫的话，尽管尼莫并没有明说谁会死。

泰山和盖蒙回到城里已是中午时分,也到了盖蒙带领泰山到尼莫王宫的时间。在卫士的护卫之下,他们前往王宫。泰山被单独叫到尼莫的房间。

"你去哪儿了?"她问道。

泰山意外地看着她,然后笑着说道:"我去旭日金矿看了看。"

"你昨晚在哪里?"

"在盖蒙家里。"泰山答道。

"你和多利亚在一起吧!"尼莫指责。

"不是,"泰山答道,"那是前晚。"

他对尼莫的指责和其中隐含的内情感到意外,尽管如此,他并没有让她看出自己的吃惊。他正在思考一个可以保全多利亚和盖蒙的万全之策。很明显,有人告密,尼莫已经知道自己在图多斯官邸的行踪。因此,与其否认此事只会增加尼莫的怀疑,还不如大大方方承认,不掩盖任何事情,反而会使事态缓和。事实上,泰山坦率和胸有成竹的回答倒是使得尼莫平和不少。

"你为什么要去图多斯官邸?"尼莫问道,但是这次语气不是那么非难了。

"你看,盖蒙不敢把我一个人留下,害怕我逃走,或者有什么事情发生,因此他走到哪儿都带着我,这确实难为他了。尼莫,所以我一直要求你换别人接待我,哪怕部分时间也可以。"

"我们也会再谈那事,"女王答道,"为什么盖蒙到图多斯官邸呢?"尼莫的眼睛怀疑地眯成了一条缝。

泰山微笑了一下,说:"一个女人问这样的问题多傻!盖蒙和多利亚相恋。我以为全卡士内人都知道,他还用费尽周折告诉熟人此事吗?"

"你确信不是你爱上多利亚了?"尼莫问道。

泰山鄙夷地看看尼莫，毫不隐藏。"别傻了，尼莫，"他说，"我不会爱上傻女人的。"

尼莫垂下了下巴，长这么大，从来没人用这样的语气跟她说过这样的话。

当她再次发话，她恢复了镇静。"有人告诉我你爱她。"她解释，"我不信。她漂亮吗？我听说她是卡士内最漂亮的女人。"

"或许盖蒙这么认为吧，"泰山笑着答道，"但是你知道情人眼里出西施。"

"你认为她长得怎么样？"女王问道。

泰山耸耸肩，说道："她不难看。"

"她有那么好看吗？"尼莫问道。

"多利亚跟女王您相比，就像星星的光芒和太阳的光芒相比。"

这个回答令尼莫很开心，她起身走近泰山。房间的一头传来铁链的响动声，接着贝尔萨跳起身发出一声吼叫。尼莫从泰山身边退了回来，身体一抖，脸上的表情半怒半吓。

"总会有事，"她恼火地说，身体还在发着抖，"贝尔萨妒忌了。这头野兽和我的生活有一条奇怪的纽带。虽然我并不知道那是什么，可我希望自己能够知道。"泰山发现她说这话的时候，眼睛里闪耀出一丝近乎疯狂的光芒，只听她继续说道："但是有一点我知道，如果贝尔萨死了，我就得死。"

当心情有所好转，尼莫抬头看着泰山，十分悲伤地说："来吧，我的朋友，我们一起去神庙吧，或许苏斯可以回答尼莫心中的这个问题。"她敲了一下从屋顶垂下来的铜盘，黄铜的声音在屋里回荡，门开了，一个贵族躬身站在门口。

"叫上卫士！"女王命令，"我们要到苏斯的神庙拜访苏斯。"

前往神庙的路上就像声势浩大的盛会，行进的卫士在矛尖上挂着燕尾旗，贵族们盛装出行，女王端坐在狮子拉着的黄金战车上。托马斯站在金灿灿的车子一边，泰山站立在原本艾洛特的位置——战车的另一边。

当泰山在张大嘴的人群中大步流星地经过时，心神不安。人群和繁文缛节都令他感到恼火和不安，他的思绪不由得又回到他钟爱的丛林里。他知道盖蒙就在附近看着他，但是不管他的朋友离得是远是近，他也不会从照顾他的朋友身边逃走。他一边这样想着，一边和女王说着话。

"在王宫里，"泰山说道，"我和你说过要换掉盖蒙照顾我的工作。"

"盖蒙已经解释过了，"女王说道，"我看没有换的理由。"

"偶尔换换也行，"泰山建议，"让艾洛特接替吧。"

尼莫惊讶地看看他，叫道："但是艾洛特讨厌你！"

"也有更多理由让他会更加小心地照顾我。"泰山争辩。

"他会杀死你的。"

"他不敢，如果他知道他要为我的死亡或者逃走而负责。"泰山暗示。

"你喜欢盖蒙，不是吗？"尼莫天真地问道。

"非常喜欢！"泰山回答。

"那么正好他照顾你，因为他负责期间你不会逃跑而将他置于危险之中。"

泰山笑笑，不言语了。很明显尼莫也不是傻子。他必须想出别的逃跑计划，而不会危及自己朋友的安全。

在神庙的入口，担任门卫的正好是福贝格。一个女孩进来祭拜，认出福贝格，和他打了招呼，两人交谈了一会儿。此时，王室的人马还没有到达神庙广场。

"我好久没有见到你和你讲话了，福贝格，"她说，"我很高兴你又回来担任神庙卫兵了。"

"幸亏一个叫泰山的陌生人，我还能够活着回到这里。"福贝格答道。

"我本来以为你会恨他。"姑娘叫道。

"我不会，"福贝格叫道，"他是一个很完美的人，我敬佩他，在人们呼喊杀死我时，难道不是他救了我的命吗？"

"确实如此，"姑娘承认，"现在他需要一个朋友。"

"你什么意思，马陆玛？"福贝格问道。

"托马斯今天早上来见女王时我就在隔壁房间。"姑娘解释，"并且，我偷听到他告诉尼莫，图多斯、盖蒙和泰山密谋反抗她，而且盖蒙爱多利亚，图多斯的女儿。"

"托马斯怎么知道这些事情的？"福贝格问道，"他提供证据了吗？"

"他说艾洛特跟踪盖蒙和泰山，并看见两人拜访图多斯官邸。"马陆玛解释，"他还告诉尼莫，艾洛特看到了多利亚，并说多利亚非常漂亮。"

福贝格吹了一声口哨，说道："那将是图多斯女儿的末日！"

"也将是陌生人的末日。"马陆玛预言。

"我很难过，因为我喜欢他。他不像人见人恨的走狗艾洛特。"

"女王来了！"福贝格突然叫道，这时队伍进到神庙广场了。

在神庙前，尼莫下了战车，走上华丽入口处宽大的楼梯。她的身后是祭司们，后面跟着宫廷贵族，卫兵待在入口前的神庙广场。

神庙是一座三层楼的建筑，顶上有个圆顶，二楼和三楼内有许多画廊。穹顶内部镶嵌着黄金，支撑画廊的柱子也是黄金制成，墙壁上装饰着彩色的马赛克。在入口的正对面，和讲台高度一样的地方，壁龛里面安装着一个笼子，笼子的两边都有一个神坛，立着黄金打造的狮子。讲台前是一个石头扶栏，面对着神龛的笼子，里面有一个王座和一排石椅。

尼莫走向前，坐在王座上。众贵族在石椅上落座。没有人注意到泰山，因此他就待在围栏外面，做一个兴趣十足的旁观者。

大祭司开始吟唱毫无意义的单调的曲子，别的祭司偶尔也会加入以作为回应。

尼莫热切地往前探身，双眼盯着笼子里那头老狮子。

突然，吟唱停止。女王站起身。"哦，苏斯！"她叫道，她的双手伸向那头肮脏的老食人野兽。"尼莫向您问候。接受问候，祝福她吧，给她活力、健康和幸福吧。尼莫的祈祷大多数都是祈求幸福，保护朋友和毁灭敌人的。哦，苏斯，给她最想要的东西吧——爱情，尼莫在这个世界上爱过的一个男人的爱情。"狮子透过铁栅栏怒目而视。

尼莫仿佛在出神中喃喃自语，好像身边其他人都不存在似的。后来，她坐回王座，默不作声，面部僵硬，直勾勾地盯着笼子里的狮子。祭司和贵族也在单调地重复着祷告语。

泰山看出他们都是在祭拜狮子，因为每双眼睛都盯着那头令人厌恶的野兽。他刚来卡士内时感到迷惑不解的一些问题此时都得到了解答。比如，他理解了当初福贝格奇怪的宣誓和他踩在狮子尾巴上的声明。

泰山在恶心和愤怒中转身离开，走出神庙，想出去呼吸新鲜空气，晒晒太阳。此时，一个卫兵在入口小声叫他的名字向他问候，并小心警告。但泰山没有明确表示是否听见，甚至当他发现讲话者是福贝格时，也没有显示出兴趣。

泰山转过身，背对福贝格，回头看着神庙，仿佛期待着王室

在苏斯的神庙 | 121

队伍赶紧回归。然后他又背对着入口一侧,和福贝格靠得很近,后者只要把矛移动几英寸就可以够得着他了。

福贝格几乎不动嘴唇地低声说道:"我有事要跟你说!太阳落山以后两个小时,到神庙的后面会面。不要回话,如果你听懂了,请将你的头向右转过去。"

当泰山给出同意的信号,皇家队伍已经开始从神庙里鱼贯而出了。泰山走在了尼莫的后面。

尼莫很平静,郁郁寡欢,跟她以前每次来神庙的反应一样,这样的反应令她自己虚弱,对一切漠不关心。到了王宫,她解散随从,包括泰山,隐退到自己的房间。

Chapter 17

神庙的秘密

在王室队伍离开神庙以后,马陆玛出来了,停下来和福贝格闲聊。聊了一会儿,她才和福贝格再见,朝王宫方向走回去。

他们谈了很多事情,谈到了神庙地板下面金门后面秘密监牢里的那个人,谈到了艾洛特和托马斯,盖蒙和多利亚,也谈到了他们自己。人之常情,他们的谈话大多数都是关于自己的。马陆玛回宫时已经很晚了,到了晚饭时间。

在父亲的官邸,盖蒙在露台踱着步,等着被叫去吃晚饭。为了转移盖蒙对目前困境的关注,泰山说起了神庙仪式,主要说了神庙本身,赞叹它的美,点评它的壮观。

"这个神庙确实掩盖着一个冤案。"盖蒙说道。

"在某个地方,隐藏着阿莱克斯塔——尼莫的弟弟。把他囚在那儿,托马斯和穆杜泽就能通过疯癫的尼莫实现对卡士内的控制。有很多人都想变革,将阿莱克斯塔扶上王位,但是他们害怕这三个暴怒的执政者。我们将继续奋斗,只是目前没有采取措施。"

"今天,我们希望渺茫。如果尼莫推行她杀害阿莱克斯塔的计划,我们就没有希望。她处于优势,有许多理由可以这样做。最重要的理由就是,如果阿莱克斯塔成功到达王宫的话,他就有权力称王。"

"如果尼莫死了,阿莱克斯塔就会重登王位。人民坚称他的继位合法。为此,穆杜泽和托马斯急着弄死阿莱克斯塔。他们争吵了这么多年没有动手,都要归功于尼莫,是她一直坚持拒绝杀死他。但如果阿莱克斯塔真的威胁到尼莫的王位,那他就输了。现在传到尼莫耳朵里的谣言说一个将阿莱克斯塔扶上王位的计划已经臻于成熟,这会让他死定了。"

晚饭期间,泰山计划去拜访在神庙的福贝格。他希望一个人去,但是也知道如果向盖蒙提出会置他于尴尬境地,但若允许贵族相伴不仅会封住福贝格的口,而且还将危及他的安全。因此他决定秘密前往。

按照他的计谋,他和盖蒙及其父母一直聊天到日落两个小时以后。然后他为自己开脱,说太累了,回到为自己分配的房间。但是他没有在那里逗留,他从门走向窗户,来到露台。参天古树长在花园和贵族们居住的城市一角。不一会儿,泰山就朝苏斯的神庙飞奔而去。

泰山在神庙后面的一棵树停下,看见福贝格熟悉的身影在树荫里等着。泰山悄无声息地下到地面,站在惊讶不已的福贝格前面。

"按照苏斯的獠牙的名义,"福贝格惊叫道,"你吓了我一跳。"

"你不是在等我吗?"泰山反问。

"但是没想到会从天而降。"福贝格反唇相讥,"无论如何你到了,那就好。我有许多话和你讲。我了解很多。"

"嗯，你说。"泰山说道。

"尼莫的一位宫女偷听到尼莫和托马斯之间的对话，"福贝格开始说道，"托马斯指控你和盖蒙以及图多斯密谋反抗她。艾洛特监视你，看见你几个晚上拜访图多斯官邸。他也借口进入府内，见到了多利亚，图多斯的女儿。托马斯告诉尼莫，多利亚非常漂亮，并说你和她相恋。尼莫倒不相信你会爱上多利亚。但是安全起见，她命令托马斯将姑娘诱拐出来，押在神庙，直到尼莫决定她的命运。尼莫可能会杀了她，或者毁了她的容。我必须让你知道这一点：如果你给尼莫半点理由怀疑你在谋反，或者你喜爱多利亚，她就会派人杀了你。我能做的就是提醒你。"

"你以前做过一次了，不是吗？"泰山问道，"那天晚上，我和盖蒙去图多斯官邸。"

"是的，是我。"福贝格回答。

"为什么你要做这些？"泰山问道。

"因为我的命是欠你的，"福贝格答道，"因为你是一个真正的男子汉。如果一个人可以将福贝格像孩子那样举过头顶，四处投掷，我福贝格就心甘情愿为他做奴隶。"

"谢谢你告诉我这些，福贝格，"泰山说道，"现在多告诉我一些，如果多利亚被关押在神庙，她会被关押在什么地方？"

"那很难说。阿莱克斯塔被关押在神庙地板下面的房间里。二楼和三楼也有一些房间可以稳妥地做牢房，尤其适合做关押女囚的牢房。"

"如果她被捕，你可否捎话给我？"

"我可以试试。"福贝格说。

"好的，还有更多消息吗？"

"没有了。"

"那我就回盖蒙家,向他发出警告了。或许我们应该找出安慰尼莫或智胜她的办法。"

"都会很困难的。"福贝格评论,"但是再见了,祝你好运!"

泰山爬上头顶的大树,消失在夜色之中。而福贝格惊讶地摇着头,也回到了神庙的住处。

泰山沿着来时的大道回到了住处。在共用的客厅里,一家人围坐在一起。他看见盖蒙的父母在那里,但是没有看见盖蒙。

"你睡不着吧?"盖蒙母亲问道。

"是的,"泰山答道,"盖蒙去哪里了?"

"你回房间之后没多久,他就被召进宫里了。"

泰山说了要等到盖蒙回来,就和盖蒙父母一直待在客厅谈话。他在想为何盖蒙会在这个时候被召见。福贝格和他讲的事情让他有些惊惧。他保留着自己的谨慎,没有告诉盖蒙父母。

将近一个小时过去了,他们听到大门外有召唤声。很快一个奴隶进来报告说一个卫兵想和泰山说一些要紧的事情。

泰山站起身,说道:"我要到外面看看。"

"小心点,"盖蒙的父亲提醒,"你有死敌希望看到你被杀死。"

"我会小心的。"泰山保证,跟着奴隶出去了。

在门口,两个卫兵阻拦着一个高大的人,泰山一眼就认出是福贝格。

"我要和你单独说话。"福贝格说道。

"这个人没问题,"泰山告诉卫兵,"让他进来,我要和他在花园里讲话。"

在他们离开卫兵一段距离以后,泰山停了下来,面对着来访者,问:"什么事情?你给我带来了坏消息吗?"

"非常坏的消息,"福贝格答道,"盖蒙、图多斯和他们的许多朋友都被捕了，押在地牢里。多利亚也被抓走，关押在神庙里。我没有想到你还有自由，但是你要抓住机会，尼莫对你的兴趣暂时可以保证你的安全。如果你要从卡士内逃走，现在就走吧。她的心情说变就变。她疯得不行。"

"谢谢你，福贝格，"泰山说道，"赶快回到你的住所，以免你被卷进这个事件。"

"你会逃走吗？"福贝格问道。

"我还亏欠盖蒙，"泰山答道，"为他的友善和友谊，我只有尽力帮他才会走。"

"没有人能够帮他了。"福贝格强调，"你所做的只会将你自己置于麻烦之中。"

"我想试一试，现在再见吧，朋友，走之前告诉我多利亚关在哪里。"

"在神庙的三楼，在我今晚等你的门廊上面。"

泰山陪同福贝格到外面，来到大道上。"你要去哪里？"福贝格问道。

"去王宫。"

"你也疯了！"福贝格震惊无比，但是泰山已经沿着大道往王宫走去了。

已经很晚了。但是泰山对于王宫卫兵来讲是熟人了，当他说是尼莫召见他时，也没有人拦他，他一直走到前厅。这里有个贵族抗议说太晚了，女王已经就寝了。泰山就是坚持要见女王。

"告诉她是泰山！"泰山说。

"我不敢惊扰她。"贵族紧张地解释。

"我敢。"泰山说着就要迈腿走进象牙厅，尼莫习惯在这里接见他。

神庙的秘密 | 127

贵族试图阻止泰山，被泰山推到一边。泰山想打开门，却发现门已经被牢牢闩上了，他就用拳头在雕刻的大门上使劲捶。

里面立刻传来贝尔萨的吼叫声，一会儿，传来尼莫受惊的声音。

"谁啊？"女奴问道，"女王睡了，谁胆敢惊扰她？"

"去叫醒她，"泰山隔着大门喊道，"告诉她泰山在这里，想立刻见她。"

"我害怕，"女奴说道，"女王会生气的，你还是走吧，明早再来吧。"

然后泰山听到了门后另一个人的声音。"谁在此刻击打尼莫的门？"他立即认出是尼莫的声音。

"是贵族泰山。"女奴答道。

"拉开门闩，叫他进来。"尼莫命令。门打开后，泰山走进象牙厅。

尼莫站在房间中央，面对着他，指示女奴将房门闩好，离开房间。她转过身，示意泰山靠近。然后自己在柔软的沙发上坐好，又示意泰山靠近她坐下。

"我很高兴你能来，"她说，"我睡不着，在想念你。但是告诉我，为何而来？你也想我了吗？"

"我一直在想你，尼莫。"泰山答道，"我在想你会帮我，我知道你能帮我。"

"你只要求我，"尼莫温和地说道，"你求我就可以从尼莫这里得到恩惠。"

一盏灯发出摇曳柔和的灯光，几乎照不亮房间。在房间的另一端，贝尔萨黄绿色的眼睛就像另一盏一模一样的灯。

房间另一端的门被打开了，装有金属头子的拐杖敲击着地面，老女巫立直了身子，泰山看到了满脸怒容的穆杜泽。

"你这个傻瓜，"老巫婆用一种假声尖叫道，"送这人走，除非你愿意看见他在你眼前被杀死,立刻送他走!"

尼莫直起身,怒视着那个浑身气得发抖的老妇人。"你太过分了,穆杜泽,"她用一种冷淡而平稳的语气说道,"记住,我是这里的女王。"

尼莫朝这个老妇人快速走去,她越过一个台子,弯下腰,抓住了一件东西。在穆杜泽转身逃走前,尼莫抓住了她的头发。

"你总是毁灭我的生活,"尼莫叫道,"你和托马斯!你们已经夺走了我的幸福!"她将刀子插入这个尖叫的老妇人的胸膛。穆杜泽立刻停止了尖叫,倒在了地板上。

有人在敲打前厅的门,可以听见贵族和卫兵要求开门的惊恐叫声。在角落里,被锁着铁链的贝尔萨大声吼叫着。

尼莫站在那里,充满怒火的眼睛看着穆杜泽,又转过身看着被随从们敲击的大门。"结束了,"她专横地叫道,"我,尼莫女王,是安全的!"

门外的声音渐渐消失了,卫兵们又回到岗位。然后尼莫面对泰山,她突然看上去很疲倦。

"那个恩惠,"她说道,"还是下次再说吧,尼莫有点神经衰弱了。"

"我一定要现在问。"泰山答道,"明天会太迟了。"

"好吧,"尼莫说道,"我在听,是什么?"

"自从我来到卡士内,你的宫廷里有一个人对我很好。"泰山开始说道,"现在他有很大的麻烦。我来请求你救救他。"

尼莫的眉头拢上乌云,问:"他是谁?"

"盖蒙,"泰山答道,"他和图多斯以及图多斯的女儿还有几个朋友被捕了。这是一个要杀死我的计谋。"

"你胆敢到我这里为叛国贼求情,"女王叫道,脸上气得通红,

神庙的秘密 | 129

"但是我知道原因了,你爱上了多利亚。"

"我不爱她,我只见过她一次。盖蒙爱她,让他们幸福吧,尼莫。"泰山说。

"我不幸福,"尼莫答道,"为什么叫他们幸福?"

她坐回沙发,转过身,将头埋在胳膊里。泰山看见她因啜泣而发抖,心中升起了怜悯。他坐近一点安慰她,他还没有来得及和她讲话,她就转过身,泪眼婆娑。

"多利亚会死!"她说道,"仙乐特明天会结果她。"

Chapter 18

愤怒的仙乐特

多利亚——图多斯的女儿，此时手脚被绑着，躺在苏斯神庙三楼的一些兽皮上面。月光通过一扇窗户照了进来，照亮了黑暗的牢房一角。她目睹父亲被抓走。落在这么一个无情的人手里，她知道无法获得仁慈，死亡或者毁容在等着她。然而，她并没有哭。悲伤之余，她的心里升起一股图多斯家族的自豪感。这个勇敢的贵族家族可以追溯到久远年代。

她也想起了盖蒙，泪水快要出来了，不是为自己而是为了他，因为当他知道自己的命运，他会悲伤不已的。她还不知道他也落入了父亲敌人的魔掌。

此时她听见走廊里传来了脚步声，在自己牢房门口停了下来。门打开了，房间被一个人手里拿的火把照得通明，进来后，这个人又关上门。

躺在兽皮上的多利亚认出此人是艾洛特。她看见他将火把插在墙上槽口，转过身来。

"啊，可爱的多利亚，"他叫道，"什么样的厄运将你带到此地来了啊？"

"贵族艾洛特肯定比我更能回答这个问题啊。"她答道。

"对。事实上，我真的知道这事。正是我把你带到此地的，正是我囚禁了你的父亲，也正是我将盖蒙和图多斯送进了同一间牢房。"

"盖蒙被捕了？"多利亚叫道。

"是的，和许多其他密谋造反的反叛者一道。他过去老是在背后嗤笑我，因为我不是狮子人。他们笑不了多久了。"

"你们要把我怎么样？"多利亚问道。

"尼莫命令在仙乐特处决你，"艾洛特答道，"你现在躺的兽皮将来就是给你裹尸的。我正是为此而来，我的好朋友国师托马斯派我送你一程。"

这时，从窗户的方向传来一声低吼。艾洛特抬头一看，脸色吓得惨白，他往身后一跳，试图从另一侧的门逃走。他怯懦的心脏不停地怦怦乱跳。

一大早，一队人马陪同苦难的多利亚来到仙乐特行刑。仙乐特位于安萨尔山谷尽头的群山之中，离卡士内城只有十六英里。队伍还没有狮子拉的女王战车行进得快。

虽然卡士内的狮子数代被培养来拉车，它们要比丛林中长大的狮子更加有耐力，但是如果一天之内往返仙乐特，那也要弄到三更半夜。所以，几百个奴隶手持火把，用来在夜幕降临时可以照亮回城的路。

尼莫上了战车，她穿着羊皮袍子，披着动物皮毛，因为清晨的空气还很凛冽。旁边站着的是托马斯，紧张不安，他知道穆杜泽死了,想着自己是否会成为下一个。女王的举止简单粗暴又生硬。这让他心里害怕不已,因为当他再激起女王怒火时,再也没有穆杜泽的保护了。

"泰山去哪里了?"她问道。

"不知道,陛下,"托马斯答道,"我没有见到他。"

"找到他,"尼莫恼火地命令,"已经晚了,尼莫不习惯再等了。"

"但是,陛下——"托马斯刚开口说了一句。

"他来了!"尼莫叫道,这时泰山沿着林荫大道朝她大踏步走来。

托马斯轻松地叹了一口气,擦去头上的汗。虽然他不喜欢泰山,但他从来没有这么开心地看到别人朝气蓬勃。

"你迟到了。"当泰山站在战车边,尼莫说道。

泰山没有作答。

"我们不习惯被耽误。"她有些厉声地继续说道。

"或许如我建议的那样,你应该让艾洛特照顾我,他肯定会把我准时送到的。"

尼莫没有理会此事,转向托马斯,说:"我们准备好了。"

国师一声令下,号手将小号放在唇边,开始吹奏起来。队伍缓慢行进,像一条巨蛇朝着黄金大桥蜿蜒前行。沿路的男女老幼也跟着走。女人和孩子手提盛着饭菜的器皿,男人手里则拿着武器。仙乐特之旅就像一场盛会,卡士内全城的人都会参与其中。这里野狮子出没,日夜都会有阿特纳的袭击者准备进攻,尤其夜晚最频繁。因此这一游行既是一场盛会,又是一场军事操练。

在女王的黄金战车后面跟着另一辆战车,上面躺着一个狮子皮缝制的包裹。被锁在这辆战车上的是图多斯和盖蒙。后面跟着上百辆贵族们的象牙或黄金战车。其他贵族步行将女王的战车团团围护。

前面有成列的卫兵开道，后面跟着卡士内的战狮，还有女王的专属战狮。饲养员用黄金带子牵着它们。古老家族的贵族们在边上高傲地行进，这是卡士内的狮子家族。

这一粗野和辉煌的场景甚至令泰山也感到印象深刻，虽然他对这样的展示本来也不怎么关心。他平静地走在由八头狮子拉着的尼莫战车旁边。狮子分别由二十四个穿着红色和金色束腰外衣的奴隶用皮带牵着。

此时太阳爬上了天空，天气酷热起来。举着遮阳伞的奴隶调整一下为女王挡去酷热的阳光。别的奴隶来回摇动着狮子的尾巴，以驱走身上的蚊虫。微风裹着长长的队伍卷起来的尘土缓缓地飘向西方。

尼莫叹了口气，转向泰山，问："你为何迟到了？"

"我睡过头会奇怪吗？"泰山问道，"我离开王宫就很晚了，因为你把盖蒙带走了，没有监护人叫醒我。"

"如果你像我一样急切地想见到你，你就不会迟到了。"

"我和你一样急切地想到那里。"泰山答道。

"你从来没有见过仙乐特？"她问道。

"是的。"

"那是一座圣山，是苏斯为卡士内的国王和王后的敌人建立的。世上绝无同类东西。"

"我将会很喜欢看见它。"泰山冷冷地答道。

他们到达一个三岔路口。"那条路通往泰纳山谷的勇士关，"她解释，"有一天我会派你去偷袭泰纳，你要将阿特纳最勇敢的勇士为我抓来做人质。"

泰山想起了沃尔萨，不知道他是否安全回到阿特纳。他朝图多斯和盖蒙看看，没有和他们说话，正是因为他们他才在这里的。要不是他决定留下来看看能否帮上这些朋友的忙，他会轻松逃走的。他们的情况看起来似乎没有希望了，但是泰山并不放弃。

中午，队伍停下来吃午饭。人们四处散开寻找平原上点缀的树荫，女王和贵族们并没有这样做。狮子们也被带到阴凉处，好躺下休息一会儿。卫兵们在临时营地放哨站岗，以防偷袭。

暂停是短暂的。半小时以后，队伍又开始行进了。现在讲话的声音小了很多，沉默和酷暑笼罩着尘土飞扬的队伍。围绕北边山谷的群山很近了，队伍很快就进入了群山。峡谷上面有一条蜿蜒的道路通往山谷的外面。

此时，硫黄烟气的味道冲入泰山的鼻孔。不一会儿，队伍转过一块巨大的火山岩，来到了一个巨大火山口的边缘。正下方，冒着泡的熔岩在翻滚着，喷射出阵阵火焰和股股黄烟。这样的场景令人印象深刻，又叫人生畏。

泰山双手抱在胸前，低下头看着沸腾的火坑，直到女王摸着他的肩头，问："你怎样看待仙乐特？"

泰山摇摇头，慢慢答道："有一些情感，是言语无法形容的。"

"它是苏斯为卡士内的国王们建立的。"她自豪地解释。

泰山没有回答，或许他认为词典编纂家也没有合适的词汇描述此时此刻。

在皇家队伍的两边，人们也拥挤在火山口的附近，他们也不想错过即将发生的事情。孩子们笑着玩着，或者向母亲讨要本来做回城晚餐的食物。

仙乐特的仪式，尽管带有司法的威严，还有半宗教性质，因此也需要祭司的积极参与。此时，两个祭司抬起战车上装有受害人的口袋，放在女王脚下的火山口的边缘。

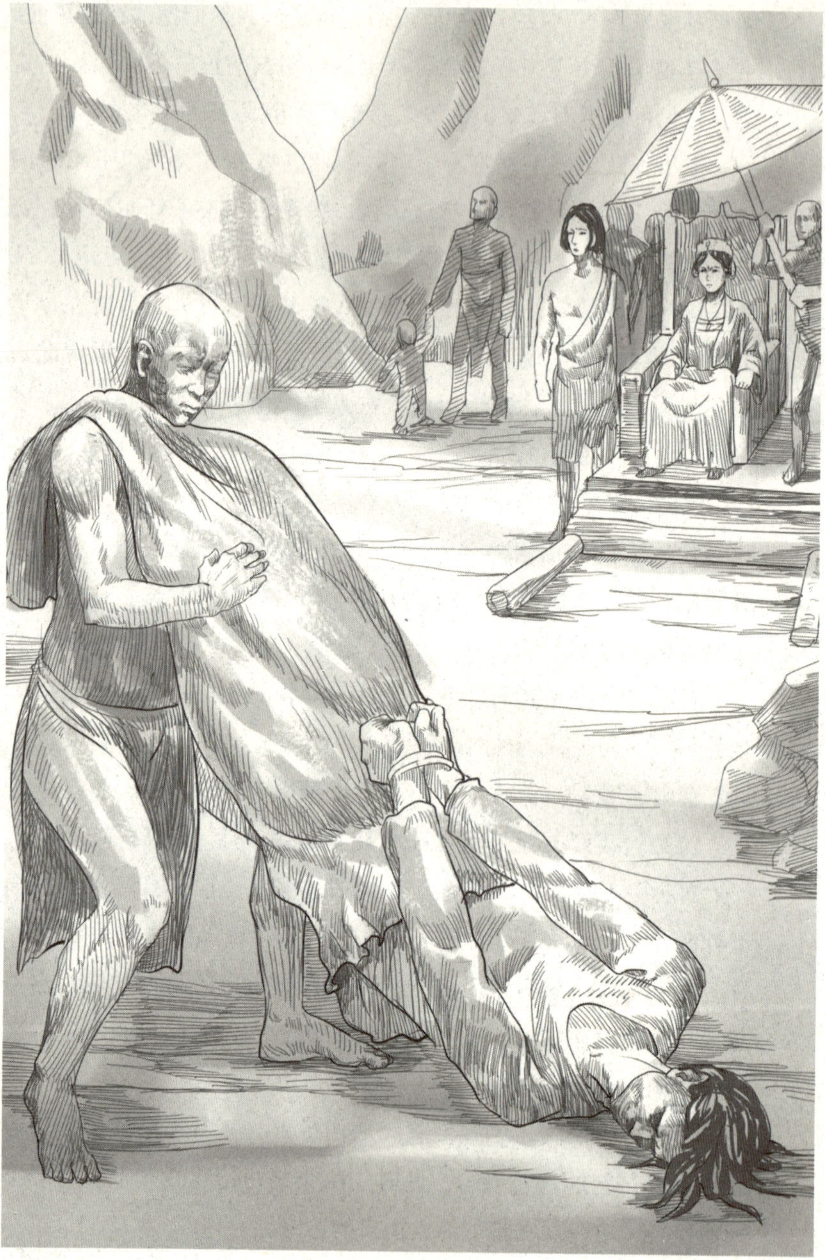

正当两个祭司从地上举起袋子,准备扔进火山口时,尼莫却急促地命令停下来,"等一下!"她叫道,"我们要看看叛国贼图多斯的女儿,多利亚的真正美貌。"

所有人的目光聚焦在祭司的身上。他手持短剑,划开松松垮垮缝制的袋口。图多斯和盖蒙的眼睛盯着茶色狮皮下面的人,豆大的汗珠从他们的额头上滴下来,他们咬紧牙关,紧握拳头。泰山的眼睛从祭司转到女王的脸上。

祭司们拽着袋子的一边,举起袋子,让尸体从里面滚落到地上,这样可以让所有人看得一清二楚。

尸体是艾洛特的,他死了。

人们惊讶地呼吸,尼莫更是愤怒至极地大吼了一声。

Chapter 19

女王的猎物

在刚开始的惊呼和下意识的愤怒之后,野蛮的场景里现出一片不祥的寂静。

现在所有人的目光都集中在女王身上。她平时端庄的容颜此时已经被气得有些狰狞。在发出一声愤怒的叫声以后,她已噎得话也讲不出来了。最后,她暴怒地转向托马斯,问:"这是什么意思?"她努力控制着声音,冰冷得就像身边的剑鞘。

穿着象皮便鞋的托马斯此时也同样惊讶不已,结结巴巴,浑身发抖。

"苏斯神庙里面有叛徒!"他叫道,"我选择艾洛特去准备好将姑娘绑来仙乐特,因为我知道他的忠诚可以保证将此事干得漂亮。我也直到此刻才知道,哦,我慈爱的尼莫,这个邪恶的罪行已经发生,图多斯女儿的尸体已经被艾洛特的尸体替换了。"

尼莫觉得恶心,便命令祭司将艾洛特的尸体扔进火山口。尸体很快就被火焰吞没了。然后她命令立即返回卡士内。

在闷闷不乐和忧郁的沉默中，沿着下山的路，尼莫踏上归程。

她的眼睛不断地看着走在战车边的古铜色巨人。最终，她打破沉默。"你的两个敌人已经死了，"她说道，"我杀死了一个，你认为谁会杀死另一个？"

"或许是我干的。"泰山微微一笑暗示。

"我也认为有这样的可能性。"尼莫答道，但是没有笑容。

"谁干了此事都是为卡士内立了大功。"

"或许吧，"但她又说，"并不是杀死艾洛特惹恼了我，而是胆敢厚颜无耻地干涉尼莫的计划！"

泰山耸耸宽厚的肩，保持沉默。

回卡士内的单调行程终于结束了。一路上火把照得路面通明。女王的队伍经过黄金大桥，然后回到了城里。在这里，她立即下令彻底搜捕多利亚。

图多斯和盖蒙非常高兴，又迷惑不解，他们被押送回牢房，等着尼莫安排的新的厄运。泰山和尼莫一起回到王宫，共进晚餐。托马斯被急令搜捕多利亚，否则就等着被处死。

泰山和尼莫在一间有奴隶服务的小餐厅独处。吃完饭，尼莫带着他来到他十分熟悉的象牙厅，在这里，泰山第一次遇到了怒吼的贝尔萨。

"艾洛特和穆杜泽已经死了，"女王说道，"我打发走了托马斯，今晚没有人再来打扰我们了。"

泰山坐在那里，盯着她，仔细揣摩她。令人难以置信的是，这位甜美漂亮的女人竟会变成女王尼莫这样残忍的暴君。

但此时，泰山身上的魔咒似乎消失了。他从这个女人美丽的外表下面，看到了疯女人癫狂的头脑。他看见这个人将毫无防备的人变成野兽,将比自己美貌的女人毁容或者杀死。他心中一切美好的东西都在反对她。

他突然半带吼声,站起身。尼莫疑惑不解地望着身边的男人,然后似乎明白了他的想法。疯狂和残忍的怒火又在她的眼里燃烧。她跳到房间的一边,那里有一个从天花板垂下来的锣,她抓住鼓槌敲了三下。

铜锣的声音在房间回荡,伴随着被激怒的贝尔萨的吼声。

泰山站着看她。她看上去完全不负责任,疯狂异常。要想规劝她,看来是不可能的了。他朝门口慢慢走去,在他走到门口之前,门打开了,两个贵族在一群卫兵的掩护下冲了进来。

"抓住这个人,"尼莫命令,"把他和女王的敌人们一起关押起来!"

泰山没有武器,他进入象牙厅时身上戴着一把佩剑,他把它解下来放在门廊里了。此时,二十支矛对准他,完全包围了他。他耸耸肩,投降了。只能那样了,否则就是死。在监狱里,他或许能够找到逃跑的方法。至少,他可以再见到盖蒙。他有许多急需告诉图多斯和盖蒙的东西。

卫兵押走他后,门关上了。尼莫扑在软沙发的垫子上,身体因为抽泣而抖动。狮子在昏暗的角落里嘟囔着。突然,尼莫坐直身体,眼睛盯着狮子闪闪发光的眼睛。她在那里坐了一会儿,站起身,嘴里发出一阵狂躁的笑声。

图多斯和盖蒙坐在牢房里,听到人群走动的脚步声正在靠近自己被拘押的牢房。

"很明显,尼莫等不及到明天了。"图多斯说道。

"你认为这些人是派来我们这里的吗?"

"别的还会有什么呢?"图多斯问道,"斗狮场可是灯火通明的。"

他们边等边听,脚步声停在了他们的牢房门外。门被推开以后,一个人走了进来。卫兵们没有打火把,图多斯和盖蒙都没有分辨出新来的人是谁。直到卫兵离开,脚步声也听不到了,他们才开始说话。

"向你们问好,图多斯和盖蒙!"新来的囚犯高兴地叫道。

"泰山!"盖蒙叫道。

"是我。"泰山承认。

"你因为什么事情被弄到了这里?"图多斯问道。

"二十个卫兵和一个疯女人的怪念头。"泰山答道。

"那么说你是失宠啦,"盖蒙叫道,"我很抱歉。"

"不可避免的。"泰山说道。

"你将受到什么处罚?"

"我不知道,但是我怀疑会是很严厉的。那不是我们关心的事情,直到它发生为止。或许根本不会发生。"

"对于尼莫可没有乐观的余地。"图多斯苦笑着说道。

"或许不该有,"泰山赞同,"但是我依然纵容一下自己。毫无疑问,多利亚昨晚在她的神庙牢房里已经觉得毫无希望了。然而,她不还是逃出了仙乐特!"

"你是我无法预测的奇迹。"盖蒙说道。

"那很简单,"泰山安慰他,"一个忠实的朋友,你兴许能够猜到他的身份,昨晚来告诉我多利亚被关押在神庙里。我立刻就去找到了她。幸好,卡士内的古树很多很大。有一棵长在神庙的后面,它的树枝几乎就长到多利亚被关押的房间窗户边。我到时,发现艾洛特正在那里,手里拿着那个要把她绑住并带往仙乐特的口袋。什么比这更简单?我就让艾洛特顶替本来为她设计的行程。"

女王的猎物 | 141

"你救了她！她现在在哪里？"图多斯叫道，在得知女儿脱离困境后，他的声音首次变得激动起来。

"靠近点，"泰山提醒道，"防止隔墙有耳。"两个人贴近泰山，继续听他低声讲。"你记得吗，盖蒙？当我们到金矿时，我和那里的一个奴隶讲话。"

"我没有注意到，"盖蒙答道，"我以为你是在问金矿的运营情况。"

"不是。我是在帮他的弟弟传信。他是如此感激，恳求说有机会他会为我效劳。这个机会比我俩预期得都早。因此，当我想要给多利亚找一个藏身之处，我立即想到了那个金矿黑人工头奈卡与世隔绝的小棚子。"

"她现在在那里，必要的时候，那个男人可以保护她。他答应我只要半个月没有我的消息，他就可以理解为我们三个人都不能救她，他就会给图多斯官邸的忠实奴仆捎信。他说那确实很难，但是也不是没有可能。"

"多利亚安全了，"盖蒙低声说道，"图多斯和我可以幸福地死去了。"

三个人默不作声地坐了一会儿，盖蒙最终打破沉默："你是怎么认识那个奴隶的兄弟的？还那么好地帮他们传信？"他的声音里有一丝疑惑。

"你还记得谢绍的大猎捕吗？"泰山笑着问道。

"当然记得，那和这有什么关系？"盖蒙问道。

"你还记得那个猎物，我们在集市的奴隶市场上见到过的那个人吗？"

"是的。"

"他是奈卡的兄弟。"泰山解释。

"但是你从来都没有机会和他讲话。"盖蒙提出异议。

"哦，我确实有机会。是我帮助他逃走的。那就是为何他的兄弟这么感激我。"

"我还是不明白。"盖蒙说道。

"有关谢绍的大猎捕，你还有很多不明白的。"泰山暗示，他继续讲述了猎捕中自己扮演的角色。

"我再次抱歉，我该死。"盖蒙说道。

"为什么抱歉？"图多斯问道。

"我从来没有机会告诉你们谢绍大猎捕的故事，"他解释，"说来这是一个多么动听的故事啊！"

美丽的清晨来临了，仿佛世界根本没有可怜、悲伤和残忍那样。但是，白日来临也没有能够将关押三个人的牢房变得温暖起来。

中午以后，一个军官带着卫兵进来带走了泰山。这位军官和三个人都很熟悉，他是一位富有同情心的正派人。

"他还会回来吗？"图多斯朝着泰山点头，问道。

军官摇摇头："不会了，女王今天打猎。"

盖蒙和图多斯按了按泰山的肩头。

无话可说，无言告别比任何言语都雄辩。他们看着泰山走出去，看着门在他身后关上。没有一个人说话，因此两人无言干坐了一个钟头。

泰山从牢房被带到卫兵室，用铁链牢牢捆住。他的脖子上套着一个金领子，卫兵拉着上面的链子。

"为什么这么多的防御措施？"泰山问道。

"这是照章办事，"一个军官说道，"老规矩就是这样，将女王的猎物带到斗狮场。"

泰山再一次站在卡士内女王的战车附近，但是这一次是在后

女王的猎物 | 143

面。他成了被两个卫兵夹在中间的囚犯,还有十几个卫兵围在外面。他再一次穿过黄金大桥,来到安萨尔山谷的斗狮场。

队伍并没有走多远,离城不到一英里。愁眉不展的尼莫坐在战车里,闷闷不乐。车子在她指定开始打猎的地点停了下来,她命令卫兵将犯人带来。泰山在战车前站住,她伸直了脖子看他。

"除了两个看押的卫兵,叫其他人退下。"尼莫命令。

"你愿意的话,也可以叫这两个退下,"泰山说道,"我保证他们离开后,我不会伤害你或者逃跑。"

尼莫依然坐直看着他,沉默了一会儿:"你们可以走了,我要和囚犯单独说话。"女王眼睛转过来看着泰山。

泰山退后几步,看见她正微笑着看着自己。"你会发现今天会很开心的,尼莫。"他以轻松、友好的语气说道。

"你什么意思?"她问道,"我怎么会很开心?"

"你会看到我的死,也就是你的狮子会抓住我。"他笑道。

"你认为那会让我开心吗?哎,我也曾经这样想过,但是现在我在想会不会呢?生活中没有一样是我希望的。"

"或许你希望的东西不正确吧,"他暗示,"你有没有希望一些能够给别人也带来快乐和开心的东西呢?"

"为什么?"她问道,"我希望我自己开心,让别人也这样就行了。我为自己的幸福奋斗——"

"可是从来没有得到过。"泰山善意地打断她。

"或许我为了别人的幸福奋斗,我自己得到的会更少。"她坚持道。

"有那样的人,"泰山同意,"或许你就是其中之一。你就按照自己的方式去追求幸福吧。当然,你也不会得到。你会有期盼的快乐,就是那些东西。"

"我认为,我足够了解自己和自己的事情,可以决定如何过我的人生。"尼莫粗暴地说道。

泰山耸耸肩,说道:"我不是想去干涉你,如果你决意杀死我,并确信从中可以得到快乐,我绝不建议你放弃念头。"

"你不是在逗我玩吗?"尼莫傲慢地说道,"我不在乎别人对我的讽刺。"她凶狠地转过头看他,"许多人都为小事而死!"她叫道。

泰山当着她的面大笑一声。"多少次?"他问道。

"刚刚,"尼莫说道,"我开始为即将发生的事情后悔了。如果你换一种面孔,我或许会心慈手软,还你一个人情。但是你处处与我作对,你冲撞我、侮辱我、嘲笑我!"她的声音提高了八度,这是她精神状态的气压指示,泰山非常了解这一点。

"你继续杀人也不会感到开心吧,直到你被杀死。"泰山说道。

她身体抖了一下。"被杀!"她重复道,"是的,他们都被杀死了,卡士内的国王和王后们。但是还没有轮到我。只要贝尔萨活着,我就会活着。"她沉默了一会儿,"泰山,只要你当着我的人民的面,跪下求情,或许你可以活下来。"

尼莫看着身边的人,就像猫看着老鼠。尽管狮子就在附近,但她看见泰山面不改色。

"难道你不认识狮子吗?"她问道。

"当然认识。"泰山答道。

"你不害怕?"

"怕什么?"泰山惊讶地望着她,问道。

她愤怒地跺着脚,认为他在剥夺她看见他惊恐不安而获得的满足感。"准备好大猎捕!"她转身面对旁边站着的一个贵族命令道。

女王的猎物 | 145

看押的卫兵跑上前，拉住拴在泰山脖子上金领的链条，卫兵们已经在女王战车附近就位。泰山被放在离领头卫兵几码远的地方。然后饲养员将贝尔萨拉到离泰山不远处，艰难地拉住它不让它够着泰山，因为易怒的狮子认出泰山，会勃然大怒，需要八个人才能将它拉住。

一个贵族走近泰山，他叫福多斯，是盖蒙的父亲，是卡士内统治者猎捕时的世袭首领。他靠近泰山，小声说道："我很抱歉，我必须担任这个角色，这是我的职责所在。"然后他大声道，"以女王的名义，大家安静！现在宣布卡士内女王尼莫的大猎捕的规则。猎物可以沿着卫兵通道向北移动，走上百步以后，饲养员可以放开猎狮的皮带。不许有人分散狮子的注意力或者协助猎物，违者斩首。"

"如果我躲开它逃走了呢？"泰山问道，"我会有自由吗？"

福多斯悲伤地摇摇头，说道："你逃不掉的。"他转过身，向尼莫跪拜，"一切准备就绪，陛下，猎捕开始吗？"

"让狮子再一次嗅嗅猎物的气味，然后猎捕就可以开始了。"她指示。

饲养员放贝尔萨靠近泰山一些。

尼莫热切地探着身子，盯着圈舍里最值得她骄傲的野兽，眼里闪烁着疯癫的光芒。"足够了！"她叫道。

在流经卡士内的河谷中，一头大狮子在浓密的灌木中熟睡着，它是一头黄色皮毛和黑色鬃毛的狮子。平原上传来的嘈噪声打扰了它，它的嗓子里发出隆隆的吼声。它眼睛闭着，似乎半睡半醒，实际上，它是醒着的。它试图去睡，但是人类的事情搅扰它不得安生，所以它很生气。他们听上去离得不远，它知道如果他们靠近，自己需要起身去看看。但现在它还不想这样做，因为感觉身体懒洋洋的。

在外面的田野上,泰山沿着枪林铺就的小道前行,直到第一百个卫兵,贝尔萨就会被释放出来扑向自己。泰山有了一个计划。过了河的东面有一片森林,在那里,他和谢绍、品第斯以及盖蒙等人打过猎。若能够到达那里,他就安全了。一旦他爬上高耸入云的大树枝,任何人或狮子也不能超越人猿泰山了。

但是他能否在贝尔萨赶上他之前到达森林呢?泰山行动迅速,但也很少有人能像狮子那样风驰电掣。在一开始的几百步里,泰山觉得他会比狮子跑得快,但是贝尔萨不是普通的狮子。

在第一百步时,泰山听到身后猎狮狂乱的怒吼声混合着人群的呐喊声,离自己越来越近,他意识到猎狮的皮带已经被解开了。泰山也开始全速前进。

贝尔萨贴地跑得很平稳,迅速拉近了和猎物的距离。它目不斜视,凶狠的眼睛紧紧盯着前面逃跑的人。

眼看着贝尔萨快要追上自己了,泰山越过卫兵护手的末端,突然转向东面的河流。这些护手在他开始逃跑时就形成了一条笔直的路。

当尼莫看到并意识到猎物的目的后,她的嘴里突然发出一声怒吼。

追踪的人群也发出恼怒的吼声。他们认为猎物是没有机会的,但是现在他们明白了他可能有机会到达河流和森林。

泰山越过古铜色肩膀回头看看,意识到目的地快到了。河流只有两百码远了,但狮子稳妥地追踪他,也只有五十码远了。

忽然泰山转过身停下来,放松地站着,双手垂立。但实际上他很警惕,拉好了架势等着。

他清楚地知道贝尔萨会怎么做。任何训练也改变不了狮子本

女王的猎物 | 147

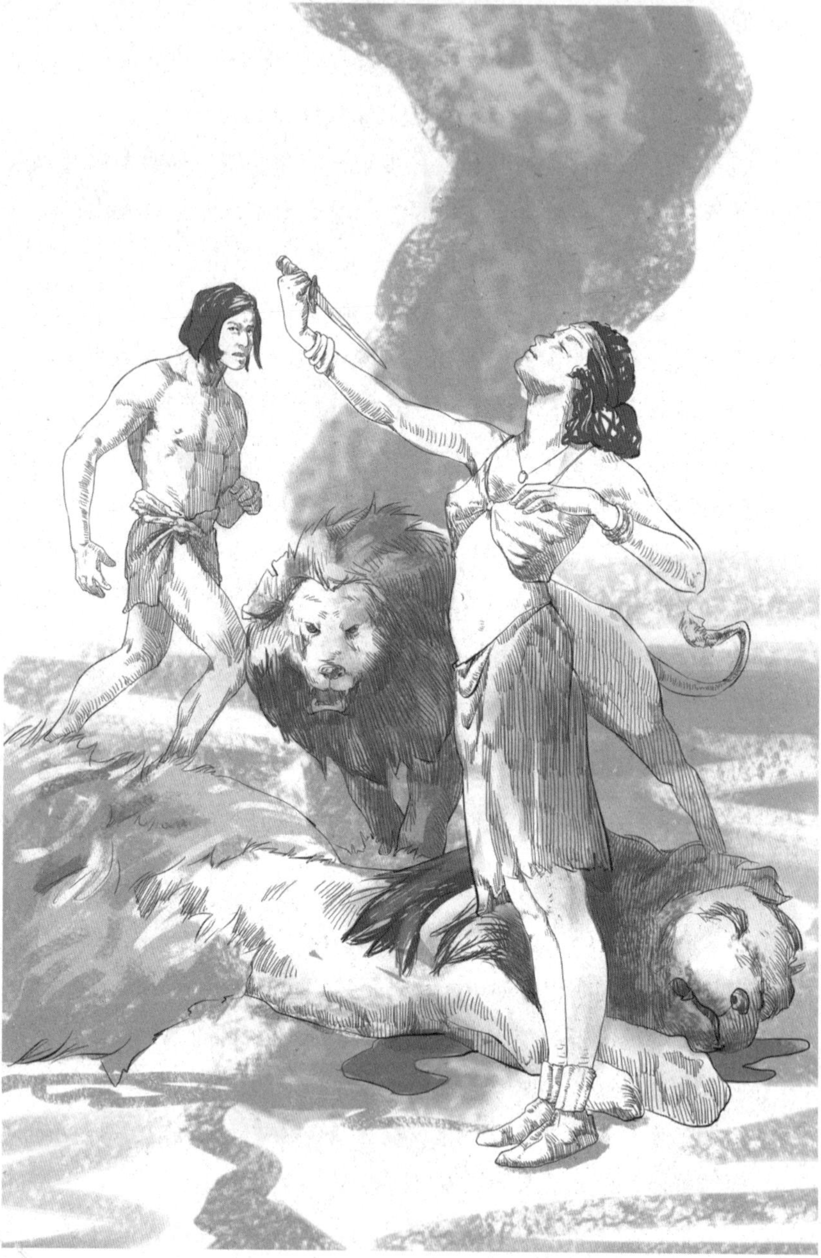

能的捕猎方法，它会扑向泰山，靠后腿站起来，用自己的铁爪紧紧抓住猎物，用牙咬住对手的头、脖子和肩膀，然后拖倒在地。

虽然泰山以前也遇到过狮子的猛扑，但现在面对贝尔萨，也不是那样轻松，正如贝尔萨和观众所看到的那样，泰山没有刀子，好像只能接受那个不可避免的结果——战死。

现在，贝尔萨吼叫着扑向泰山，泰山稍微下蹲，用和狮子一样的野蛮吼声回应着吃人野兽的吼声挑战。

突然，泰山在人群的声音中听出了一个新的声音，带有一丝意外和惊惧。

就当贝尔萨几乎就要扑到泰山身上时，一个黄褐色的身体从泰山身边飞驰而过，几乎扫过他的后腿。当贝尔萨站起后腿，用利爪和獠牙正要扑到泰山身上时，一头黄毛黑鬃的巨大狮子出现了，它就像一台愤怒不已的杀戮机器。两头狮子低吼着滚到了地上，用尖牙利爪互相撕扯着。

这时泰山惊诧地看着，战车上的尼莫也靠近了观战，屏住呼吸的人群也向前靠近了不少。

这头陌生的狮子比贝尔萨个头大，更加强壮，是一头力量和残暴处于顶峰的巨狮。此时，贝尔萨给了它一个机会，它的巨颚咬住了尼莫猎狮的脖子，巨大的獠牙已经透过对手厚厚的鬃毛扎了进去，透过皮毛和肉咬进了贝尔萨的颈静脉。它支撑双腿，摇晃着贝尔萨，就像一只猫摇晃着嘴里的老鼠。

把贝尔萨丢到地上后，胜利者扭曲的脸面对着卡士内人。然后它慢慢地走到泰山站立的地方，停在他的身边。泰山将手放在金狮的黑鬃毛上。当一人一狮就这么面对着卡士内人站立时，场上持续了一阵漫长的沉默。卡士内人敬畏得站在那里面面相觑。

突然一个女人尖叫的声音传了出来，正是尼莫。她慢慢地从金色战车上下来,一声不吭地走向死掉的贝尔萨。人们看着她,一动不动,迷惑不解。

她用穿着便鞋的脚触摸着猎狮的鬃毛,盯着死去的吃人野兽。"贝尔萨死了!"她一边尖叫着,一边从剑鞘里拔出短剑将寒光闪闪的剑尖刺入了自己的心脏。

当月亮升起来时,穿过安萨尔流向卡士内的河流边,泰山将最后一块石头放在了土堆旁边。

卫兵和贵族以及其他人都随福多斯回到城里,清理了尼莫的地牢,并宣布阿莱克斯塔为王,死去的女王尼莫和死去的狮子贝尔萨被他们留在了斗狮场的边上。一同被忘记的还有泰山的功劳。

现在,在非洲柔和的月光下面,泰山低着头站在最终找到了幸福的女人的墓边。